KB075275

池樂天

지악천

지악천 8권

초판1쇄 펴냄 | 2021년 11월 08일

지은이 | 일혼
발행인 | 성열관

펴낸곳 | 어울림 출판사
출판등록 / 2009년 1월 23일 제 2015-000062호
주소 / 경기도 고양시 일산동구 무궁화로 43-55, 801호 (장항동, 성우사카르타워)
TEL / 031-919-0122
FAX / 031-919-0127
E-mail / 5ullim@hanmail.net

ⓒ2021 일혼
값 8,000원

ISBN 978-89-992-7583-8 (04810)
ISBN 978-89-992-7209-7 (SET)

8

지악천

일흔 무협 장편소설

樂

목차

池樂天

지악천

第 三十七 章 ― 송옥자

　송옥자는 남악으로 들어가는 이들을 보면서 숨을 골
랐다.

　"자넨 언제 들어갈 거지?"

　"저도 들어가야죠. 그리고 송 진인께서 잘 숨어들어
와 저들이 소란을 피우면 그때 놈을 낚으시면 될 겁니
다."

　"말은 언제나 쉬운 법이지. 안 그런가?"

　송옥자의 말에 화진성은 가볍게 미소를 지으며 묵례
를 하며 자리를 떠났다.

　그런 화진성의 뒷모습을 보며 송옥자는 천천히 외벽

으로 다가가기 시작했다.

그는 다른 이들처럼 입구가 아닌 성벽을 뛰어넘어야 했다.

자신의 모습을 보여줄 필요가 없기에.

먼저 남악으로 들어선 이들은 자신들의 존재감을 숨길 생각이 없었다.

물론 지악천이 움직일 여지를 주지 않기 위해서 행패를 부리거나 그러진 않았다.

그저 민폐 같지 않은 민폐를 부리는 셈이다.

그 아슬아슬하면서 미묘한 선을 지키면서 말이다.

그리고 그 소식은 남악에 빠르게 퍼질 수밖에 없었다.

지악천이 칠성방, 매동방, 창골방을 처리한 이후에 저런 분위기를 풍기는 이들은 없었다.

수군수군.

주변에서 양민들은 그들이 풍기는 기세만 봐도 움츠러들 정도였다.

다소 떨어진다고 해도 최소 일류 무인만 골라서 데려왔기에 그럴 만했다.

제갈세가가 매입한 객잔에 바깥에 감시 나갔던 천룡단원이 제갈청하를 찾아왔다.

"소공녀. 사파로 보이는 이들이 방금 막 남악에 들어

지악천　10

왔다고 합니다."

사내의 말에 제갈청하의 얼굴에 의문이 떠올랐다.

"사파?"

"예. 대충 수를 헤아려도 50명은 족히 넘어 보이는 이
들의 단체로 넘어온 모양입니다."

그의 말에 제갈청하가 잠시 생각에 빠졌는지 양손 깍
지를 낀 상태로 눈을 좌우로 움직였다.

"이렇게 갑자기 사파 쪽에서? 일전에 조용하다고 하
지 않았던가?"

"예. 그렇게 보고를 올리긴 했습니다. 한데… 딱히 다
른 지역에서 연락 온 것이 없습니다."

"그 말은 그들이 목적을 가지고 왔다는 말이군요?"

제갈청하의 말에 사내는 굳은 표정으로 고개를 끄덕
였다.

"목적이 단순히 이곳에 터를 잡으려거나 세력 확장은
아니겠죠?"

"확신할 순 없습니다. 모든 경우의 수를 열어둬야 합
니다. 그리고 그들의 목적이 뭐냐에 따라서 저희의 행
동도 달라질 수밖에 없습니다."

천룡단원의 말에 제갈청하도 이해한다는 뜻으로 고갤
끄덕였다.

"모르지 않아요. 다만, 아시다시피 조금 특수한 상황

이니까 그런 거죠. 저희가 나서야 할지 숨어야 할지. 그들의 정확한 목적이 뭔지 알아야 할 테니까요."

"그렇다면 어떻게 합니까? 일단 지켜보는 거로 합니까?"

"일단은 그렇게 하죠. 하지만 만일을 대비해서 준비는 해두라고 전달해두세요."

"누님."

제갈청하의 말에 천룡단원이 방을 나가기 무섭게 같이 있던 제갈청운이 살짝 걱정스러운 표정을 하며 말했다.

"이런 일이 있을 수도 있다는 건 사전에 상정하고 있던 것이니 크게 문제 될 것은 없어. 하지만 문제는 상대의 수준이겠지. 우리가 기껏 해봤자. 서른 남짓. 상황에 따라선 지 포두님의 도움을 받을 수 없을 수도 있어. 이건 '무림'의 일이니까."

그런 제갈청하의 말을 이해하지 못할 정도로 제갈청운은 멍청하지 않았다.

"압니다. 근데 시기가 공교롭지 않습니까. 누님?"

"확실히 그렇긴 해. 시기가 참 공교롭지. 하지만 확신하긴 일러. 마주한 뒤에 확신해도 나쁘진 않겠지. 상대가 무슨 생각을 하고 있냐에 따라 다르겠지만."

"설마 멍청하게 지 포두님을 상대로 뭘 하려고 나선

12

것은 아니겠죠? 암상이나 흑연이 말이죠."

제갈청하는 동생의 말에 살짝 고민해봤지만, 이내 그럴 확률은 거의 없다고 봤다.

"음. 네 말대로 그럴 수도 있겠지만, 이미 큰돈을 낸 입장에서 다시 또 그럴까? 자그마치 금자 100만 냥이야. 그중 50만 냥이 넘어갔다는 걸 그들이 모를 리가 없겠지. 다른 경우의 수도 생각해봐야지."

제갈청하의 말 역시 일리가 있기에 그들은 결국 답을 내리지 못했다.

"결국엔 지켜보는 수밖에 없겠네요. 저들이 뭘 하려는지."

"뭐, 어쩔 수 없겠지. 우리가 당당하게 여기서 위력을 선보일 순 없으니까."

제갈청하의 말대로 제갈세가가 이곳에 자리를 잡은 것도 아니었기에 괜한 분란을 만드는 것 자체도 부담이 될 수밖에 없었다.

한편 당당하게 남악에 들어선 화진성은 눈을 반달처럼 하여 웃는 모양새를 보이며 주변을 날카롭게 훑어보고 있었다.

'둘 아니, 셋이군.'

그것은 남악에 들어서기 무섭게 자신과 같이 남악에

들어선 이들을 지켜보는 이의 수였다.

'막상 들어와 보니 생각보다 까다롭군.'

화진성은 송옥자의 뜻대로 지악천을 제외한 이들의 시선을 집중시켜야 했기에 큰 소란을 만들어내기가 쉽지 않았다.

"어떻게 할까요?"

고민하고 있던 판국에 물어오는 이의 물음에 화진성의 미간이 모였다.

"여기서 일을 벌일 순 없으니 제갈세가가 있는 곳으로 가라고 전해."

화진성의 말에 사내는 빠르게 앞에 있는 이들에게로 향했다.

그리고 그런 모습을 지켜보고 있던 천룡단원들은 자연스럽게 화진성에게로 시선이 모일 수밖에 없었다.

저잣거리를 휘젓고 있는 이들과 화진성의 거리는 떨어져 있긴 했지만, 간간이 앞에 있는 이들이 그의 눈치를 보고 있다는 것쯤은 천룡단원들도 알 수밖에 없었다.

그리고 그것은 화진성이 원하는 바였다.

그랬기에 대놓고 그런 행동도 서슴없이 행했다.

그는 자신이 해야 할 일을 충실하게 실행하고 있었다.

그리고 그런 그들의 모습을 더 멀리서 지켜보고 있는

송옥자의 눈은 날카롭게 빛나고 있었다.

'제갈세가. 잔대가리 굴리기 좋아하는 쓰레기 같은 놈들.'

송옥자는 같은 정파의 기둥 중 하나라도 제갈세가를 싫어했다.

사사건건 자신이 뭘 하든 귀신같이 알아내 종종 방해받기도 했기에 그들을 좋아할 수 없었다.

물론 그들의 눈을 피해서 더 많은 일을 벌이긴 했지만, 그래도 아쉬운 것은 어쩔 수 없었다.

그렇기에 이번 일은 더더욱 그들의 눈을 돌려야 했다.

그런데도 송옥자는 묘한 느낌을 지울 수가 없었다.

분명 자신의 기감에는 누구도 느껴지지 않는데 꼭 누군가가 자신을 바라보고 있는 듯한 느낌을 지울 수 없었다.

'내가 너무 민감한 거겠지.'

신경이 날카로워지면 이런 일이 간간이 있기에 크게 대수롭지 않게 넘어가는 송옥자였다.

하지만 그런 송옥자를 멀리 떨어진 곳에서 지켜보는 눈이 있었다.

멀찌감치 떨어진 곳에서 송옥자를 바라보는 시선의 주인은 강성중이었다.

'송옥자. 진짜 돌아도 단단히 돌았군.'

강성중은 이미 앞서서 단주에게도 언질 받았기에 혹시 몰라 남악의 전반을 지켜보고 있었다.

기본적으로 남악은 무인들이나 시정잡배들이 없는 곳이라 감시하기에 편한 곳이다.

때문에 처음 화진성을 비롯한 사파 무인들이 남악에 들어서기 무섭게 강성중은 외곽을 먼저 훑어봤다.

그리고 지악천이 있는 현청이 잘 보이는 곳에 있던 송옥자를 발견할 수 있었다.

본래 은영단주는 지악천에게 언급을 해주라고 했지만, 강성중은 말하지 않았다.

굳이 벌어질 일도 아닌 것을 떠벌릴 필요가 없다고 생각했기 때문이었다.

'그리고 지악천이 송옥자에게 질 것 같지도 않고.'

멀리서 송옥자를 바라보는 강성중의 눈엔 두려움은 없었다.

송옥자를 이길 수 있다고 확신할 순 없겠지만, 최소한 그에게 지지 않을 자신이 있었다.

그동안 지악천에게 시달린 게 얼만데 송옥자에게 진다는 생각을 떠올리는 그것 자체가 웃기기 그지없었다.

당장 강성중의 선택은 양자택일이었다.

송옥자가 지악천을 만나게 내버려 둔다. 또는 자신이

송옥자를 가로막는다.

하지만 강성중의 답은 이미 정해진 것이나 다름없었다.

그의 선택이 후자였다면 이렇게 멀리 떨어진 곳에서 송옥자를 지켜보고 있을 필요가 없었다.

강성중이 이런 결정을 내린 것은 자신이 송옥자를 보고 느꼈기 때문이었다.

송옥자가 무슨 수를 써도 지악천을 절대로 이길 수 없다는 것을.

같은 시각 저잣거리를 떠들썩하게 하면서 제갈세가가 구매해버린 객잔의 앞까지 다다른 화진성은 미소 짓고 있었다.

이미 제갈세가가 이곳을 샀다는 것쯤은 알고 있었다.

하지만 아직도 객잔 현판을 달고 있으니 자신이 들어가겠다고 우겨볼 셈이었다.

까딱.

'가봐.'

화진성이 자신을 바라보는 이를 보며 고갤 움직이자, 그걸 본 이가 다른 이들을 이끌고 객잔으로 다가갔다.

척.

객잔의 입구 대기하고 있던 천룡단원은 그들을 당연

히 제지했다.

"이곳은 전세 낸 곳이니 다른 곳으로 가시오."

그들을 가로막은 천룡단원의 말에 가장 앞에 있는 이가 뒤를 돌아봤다.

"하핫! 야. 뭐라고 하는 거냐? 전세?"

"등신아 귓구멍을 제대로 열고 다녀야지. 전세 냈다잖아."

"지랄하고 있네. 비켜 들어가게."

애초에 물러날 생각이 없기에 그들은 자신들의 앞을 가로막은 천룡대원의 몸을 일부러 밀치면서 안으로 들어갔다.

"오. 한적하고 좋잖아. 야야! 빨리 들어와서 자리 잡아!"

정말 말 그대로 시정잡배의 모습을 한 채로 막무가내였다.

하지만 그들에게 밀린 천룡대원의 얼굴에는 분노한 기색은 전혀 찾아볼 수 없었다.

직전에 굳이 시비 붙지 말라는 명령이 떨어졌기에 최대한 분노를 삭였다.

그런 사정을 모르는 그들은 최대한 소란스럽게 굴기 시작했다.

대놓고 제갈세가를 흔들겠다는 계산이었다.

"야! 내가 말이야! 저번에 서생 같은 새끼를 봤는데 꼬락서니가 딱 제갈가 새끼들 같아서 잡아다가 두 다리를 부숴버렸잖냐. 그때 이 서생 놈이 제발 살려주십시오! 제발! 이러면서 벌벌 떠는데 그 꼬락서니가 같잖아서 아예 두 팔도 분질렀지. 아주 제갈세가 새끼들 사지를 꺾어버리는 거 같아서 기분이 어우 말로 표현하지 못할 정도로 좋더라. 너네도 나중에 그런 새끼 보면 한번 해봐. 제갈가 새끼 잡아 족치는 듯한 맛을 느낄 수 있다니까!?"

"하하하하!"

그의 말에 주변에 있는 이들의 웃음소리가 커질수록 천룡단원들의 표정은 굳어갔다.

그런 그들을 위층에서 지켜보고 있는 제갈청하의 눈은 차갑게 식어 있었다.

그녀와는 반대로 제갈청운의 얼굴은 붉게 달아올랐다.

하지만 나서진 못했다.

꽈악.

제갈청운의 손목을 제갈청하가 붙잡고 있었다.

도리도리.

지금은 움직일 때가 아니라는 듯이 고개를 흔드는 제갈청하의 모습에 제갈청운은 그저 이를 악물 수밖에 없었다.

가문을 욕하는 이들을 앞에 두고서 지켜보고 있을 수밖에 없다는 사실이 화가 치밀어 올랐다.

그리고 그 순간 제갈청하가 한 천룡단원을 보고 전음을 날렸다.

—지금 다 들어왔나요?

—아직입니다. 바깥에 한 명이 남아 있습니다. 얼굴을 반쯤 가리고 있어서 누군지 확인하지 못했답니다.

전음을 듣고 가볍게 고개를 끄덕인 제갈청하는 계속해서 제갈세가를 향한 험담을 멈추지 않는 그들을 보다가 이내 고갤 돌렸다.

객잔 밖에서 안으로 들어간 이들을 지켜보고 있던 화진성은 그제야 천천히 안으로 들어서기 시작했다.

안으로 들어선 화진성은 바로 내부를 살폈다.

1층에는 자신이 데려온 이들로 꽉 찬 상태였고 위에서는 대부분 표정을 굳힌 이들이 즐비한 것을 보니 그들이 제갈세가로 보였다.

'조금 더 흔들어볼까?'

분명 안에서 제갈세가를 깎아내리는 말이 수없이 오고갔을 대화를 더 자극적으로 해서 저들을 자극할 생각이었다.

그래야 지악천이 끼어들 여지를 주지 않을 테니까.

그리고 화진성까지 객잔으로 들어온 순간 제갈청하는 밖에 있던 이들까지 전부 안으로 들어왔다는 걸 전해 들었다.

─일단 마음대로 하게 내버려 두고 최대한 부딪히지 말고 대기하라고 해요.

─알겠습니다. 그렇게 하겠습니다.

한편 제갈세가가 객잔을 사긴 했지만 객잔주만 나갔을 뿐이고, 그대로 남아 일하고 있던 숙수와 점소이는 불안한 표정을 감추지 못했다.

그들은 제갈세가가 이곳을 샀다는 걸 알고 있었기 때문이다.

아무리 남악이 무인들의 왕래가 잦은 곳이 아니라곤 하지만, 그들도 적어도 세상 돌아가는 것 정도는 알았다.

화진성의 명령에 모여 있던 사내들이 유독 제갈세가를 가지고 온갖 음담패설까지 서슴지 않기 시작하자 객잔의 분위기는 크게 상반되기 시작했다.

화진성이 있는 1층은 당연히 온갖 음담패설로 후끈후끈했고 위에 있던 천룡단의 분위기는 점점 냉랭해져 갔다.

그렇게 이어지는 음담패설의 수위가 도를 넘어 결국 제갈세가의 여식들의 이름이 언급되려고 했다.

"야, 그러고 보니까 그놈들 중 여식들은 다 혼례를 올렸냐?"

"아직일걸? 그 장녀라는 년도 아직일걸?"

"캬! 거기 여식들 얼굴 반반하다던데 말이야."

말을 하며 혀로 입술을 핥는 모습에 그 사내의 습관을 아는 다른 이들이 웃었다.

"이 새끼 또 발동 걸렸다. 크크크."

"개가 똥을 끊으면 끊었지 이 새낀 절대 못 끊어. 근데 오면서 보니까 여긴 홍등가가 잘 안 보이더라."

"에이 씨발, 뭔 개소리야! 창기 없는 곳이 어디 있다고. 오늘은 제일 이쁜 년으로 안아야지. 이왕이면 제갈가 년이랑 닮은 년 있으면 더 좋고!"

"하하하하하!"

그의 말에 같은 자리에 앉은 이들의 웃음소리가 객잔을 크게 울렸지만, 누구 하나 그들에게 뭐라 하는 이들이 없었다.

1층에 자리한 이들이 대부분 그러고 있었기 때문이었다.

두둑.

그들의 음담패설에 제갈청운은 순간 무언가가 끊어지는 소리가 자신의 귓가에 들렸다고 느꼈다.

슈욱!

그리고 그 순간 자신의 눈앞에 있던 제갈청하가 사라졌다는 걸 볼 수 있었다.

'아차……'

잘 참아내는 것처럼 보이던 제갈청하가 결국 그들의 음담패설을 버텨내지 못하고 움직인 것이다.

그런 제갈청하가 사라진 자리를 보던 제갈청운은 귓전을 울리는 굉음에 자리에서 일어났다.

'누님. 참으라면서요.'

고개를 흔들며 자리에서 일어난 제갈청운이 몸을 날렸다.

쾅! 콰지지직!

"꺽!!"

주로 음담패설을 내뱉던 머리가 그대로 탁자를 박살내며 바닥에 박혔다.

그리고 그의 머리 위에는 제갈청하가 그의 머리를 밟고 서 있었다.

"뭐, 뭐야!!!"

"쓰레기 같은 놈들! 뭐긴 뭐야! 제갈세가다!"

한 사내의 물음에 크게 답한 제갈청하가 소리치며 움직이자마자 곧바로 제갈청운과 함께 천룡단까지 전부 내려왔지만, 그들은 전혀 당황하지 않았다.

그들은 이미 이곳에 제갈세가가 있다는 건 알고 있었다.

다만 제갈청하가 이런 식으로 소란을 자처할 줄은 생각하지 못한 부분이었다.

예상 이상의 반응에 화진성은 눈살을 찌푸릴 수밖에 없었다.

객잔 내부에서 일이 벌어지면 제갈청하를 비롯한 다른 이들을 끌고 밖으로 나갈 수가 없기 때문이었다.

그리고 동시에 속속들이 내려오는 천룡단의 모습에 일이 살짝 꼬였다고 생각했다.

"시정잡배만도 못한 사파 조무래기들이 감히 제갈세가를 그 세 치 혀를 써서 조롱하고도 살아남을 줄 알았더냐!"

제갈청하의 내공이 담긴 일갈에 주변에 있던 이들이 얼어붙었다.

그들의 예상보다 제갈청하의 내공이 심후했다.

처처처척!

제갈청하의 일갈이 끝나기 무섭게 내려온 천룡단이 입구를 비롯한 다른 출입구를 점유하는 동시에 검을 빼들었다.

그제야 그녀의 일갈에 주춤했던 이들이 움직이기 시작했다.

그 시작은 제갈청하가 머리를 밟았던 사내와 같이 자리했던 다른 사내였다.

"이런 씨발ㄴ……! 흡!"

지척에 있는 제갈청하의 목을 노리고 단검을 뽑아 찌르려는 동시에 말을 내뱉었지만, 그 말이 끝나기도 전에 그는 자신의 목이 화끈거리는 느낌에 목을 잡았다.

그리고 그의 귀에 유독 한 가지 소리가 크게 들려왔다.

또옥.

그 소리가 난 곳에는 작은 핏방울이 떨어져 맺혀 있었다.

그리고 핏방울이 떨어진 자리의 위쪽에는 제갈청하가 들고 있는 검이 자리하고 있었다.

'피? 누구의……!'

그의 생각 더 이어지지 않았다.

생각을 이어가라는 찰나에 화끈거리는 목을 잡고 있던 손에 이질감이 느껴졌기 때문이었다.

'물?'

처음 느껴진 이질감에 순간 물이라고 생각했지만, 이내 그것이 물이 아닌 피라는 걸 깨닫는 건 아주 짧은 시간이었다.

꿀렁꿀렁!

목에서 한번 흘러나오기 시작한 피를 막는다는 건 몹시 어려운 일이었다.

어지간한 의원이 자리하고 있다고 해도 불가능했다.

물론 화타가 이 자리에 있다면 가능했을지도 모를 일이었다.

태앵! 쿵.

"끄어어억!"

그렇게 믿기 힘든 상황 속에 사내는 손에 들고 있던 단검을 떨구고 양손으로 흘러나오는 피를 막으려고 애썼지만, 아무런 소용없었다.

그리고 그런 제갈청하의 손속을 단 한 명을 제외하고선 누구도 알아차리지 못했다.

그는 당연하게도 이들을 데려온 화진성이었다.

'제갈청하… 알려진 것 이상이군. 이번 일… 생각보다 힘들지도 모르겠군.'

그렇게 화진성은 자꾸만 어긋나는 계획에 짜증이 생겨났다.

제갈청하는 자신의 검에 쓰러진 사내에게 눈길조차 주지 않고 주변을 압도하는 기세를 뿜어내기 시작했다.

한 놈도 살려 보내지 않겠다는 농후한 살기가 충만하게 섞인 기세를 버티지 못한 한두 명이 덜덜 떨기 시작했다.

'쯧.'

덜덜 떨고 있는 이들과 떨지 않는 이들을 슬쩍 본 화진성의 얼굴은 썩 좋지 못했다.

물론 그들은 제갈세가를 직접 마주할 거라는 말은 듣지 못했다.

제갈청하는 자신의 기세에 겁먹은 이들에게 자비를 베풀 생각은 추호도 없었다.

"전부 팔다리를 하나씩 분질러라! 반항하면 죽여도 상관없다!"

제갈청하의 외침에 이미 자리를 잡고 있던 천룡단이 움직이기 시작했다.

천룡단은 자신들이 몸담은 제갈세가를 무시하고 음담패설까지 늘어놓고 있는 걸 꾹 참고 있다가 폭발시켰다.

그 폭발은 분노가 되었고 다소 손속이 거칠었긴 했지만, 명령의 선을 넘기지 않을 정도의 냉정함을 갖추고 있었다.

무림에서 구르고 굴렀기에 가능했다.

그들은 항상 교육받을 때 가슴은 뜨겁게 머리는 차갑게 유지하라는 말을 귀에 맴돌 정도로 들으면서 생활했었다.

하지만 금방 정리될 것 같았던 상황이 생각보다 마냥 쉽게 돌아가진 않았다.

제갈청하의 기세에 눌렸던 이들도 목숨이 지척에 다다르자 생존본능이 발동되며 반격에 나섰다.

비좁다면 비좁은 공간에서 난투극이 벌어지니 객잔은 순식간에 난장판이 됐고 주변에는 사람들이 모여들기 시작했다.

하지만 그것도 이내 밖에서 혹시 모를 상황에 대비하고 있던 천룡단원이 빠르게 양민들을 돌아가게 했다.

그렇게 한창 천룡단과 화진성이 데려온 이들이 난장판을 만드는 상황 속에 제갈청하의 시선은 홀로 여유를 즐기는 듯한 화진성을 향한 상태였다.

'누구지?'

제갈청하는 그가 누군지 알아보지 못했다.

꽤 오랜 시간 정사마가 부딪힐 일이 많지 않았기도 했지만, 화진성이 얼굴을 가린 탓도 없진 않았다.

다만 제갈청하는 화진성이 이 자리에서 가장 강한 이라는 것을 단박에 알아차릴 수 있었다.

자신이 기세를 퍼트릴 때 유일하게 자신의 기세를 흘려보낸 것이 화진성이었기에.

지금 천룡단과 싸우고 있는 이들과 다르게 말끔한 연갈색 무복과 깔끔하게 묶은 말총머리가 묘하게 그녀의 신경을 자극했다.

"누구냐? 누군데 감히 제갈세가를 우롱했지?"

지악천 28

"후훗. 우롱? 제갈가 따위가 뭐 그리 대단하다고 말이야. 같잖군."

제갈청하는 화진성의 옅은 조소를 흘리며 하는 말에 이가 갈렸다.

"네놈… 사지를 잘라서 영원히 고통 속에 살게 해주겠다."

"크크큭! 제갈가의 계집 따위가? 이 몸을? 하하핫!"

화진성은 제갈청하의 살기가 가득 담긴 말을 가볍게 넘겼다.

제갈청하의 무위가 절정이라는 것을 알고 있는 화진성은 자신이 없었다.

그녀에게 패배할 자신이.

그리고 그의 웃음소리에 일순간 좌중이 멈췄다.

일순간이었지만, 화진성이 웃으면서 드러낸 기운은 제갈청하와 동등한 아니, 그 이상의 수준이었다.

그런 그의 기세를 정면으로 받은 제갈청하의 얼굴은 살짝 굳어 있었다.

자신의 예상대로 상대는 절대로 쉬운 상대가 아님을 확신했기에.

하지만 이미 일은 벌어졌고 상황을 멈출 순 없었다.

꽈아악.

제갈청하는 검파를 쥔 손아귀에 힘을 주며 화진성에

게 집중했다.

화진성은 자신이 움직이면 언제라도 공세에 나서겠다
는 제갈청하의 모습에 피식했다.

물론 입가가 가려졌기에 제갈청하가 볼 순 없었지만
말이다.

빠르게 주변이 정리되고 있었지만, 화진성은 그런 상
황에서도 여유로웠다.

화진성은 이 자리에 있는 모두를 다 죽일 수 있다고 자
신했기 때문이었다.

물론 변수가 없다면 말이다.

하지만 언제나 변수는 등장하는 법이었다.

"어후, 개판이네."

그 목소리의 주인공은 후포성이었다.

그는 저녁 순찰을 돌고 있었는데 소란이 생겼다는 말
에 단박에 달려온 것이다.

후포성의 등장에 제갈청하는 다행이라는 생각이 들었
다.

이 상황에선 후포성의 도움은 아주 컸다.

"제갈 소저. 이 등신들은 뭡니까?"

"이자들이 제갈세가를 우롱했어요."

후포성의 등장에 화진성의 미간이 순간 좁혀졌다.

화진성은 후포성이 포두를 하고 있다는 정보를 접하

지악천 30

긴 했지만, 이렇게 만나게 될 줄은 예상하지 못했다.

후포성이 사파지역에서 낭인으로 활동했기에 자신을 알아볼 수도 있어서 대면하는 상황은 피하고 싶었다.

'귀찮게 됐군.'

입구를 지키고 있던 천룡단원을 지나쳐 안으로 들어선 후포성은 엉망이 된 내부를 보며 고개를 흔들었다.

"쯧쯧, 엉망이 됐네. 이러면 내일 밥 못 얻어먹는 거 아닌지 모르겠네."

화진성에게 관심이 전혀 없다는 듯이 주변을 훑던 후포성이 그러던 와중에 바닥에서 팔다리가 부러져서 쓰러져서 신음을 흘리고 있던 한 명을 알아봤다.

"어? 저 새끼가 여기에 왜 있지?"

후포성의 말에 안에 있는 모두의 시선이 그에게 쏠렸다.

"저 새끼 그 새낀데 이름이… 아씨, 기억이 안 나네. 아무튼, 저 새끼 낭인이라고 사기 치고 의뢰자에게 선금 받아먹고 튀었던 새끼인데? 여기 있었네?"

후포성의 뜬금없는 말에 몰려 있던 시선 중에 한숨을 쉬는 이들도 종종 있을 정도였다.

하지만 후포성은 그러든가 말든가 주변을 훑어보고 마지막으로 화진성에게로 향했다.

"제갈 소저."

후포성의 물음에 제갈청하의 시선이 그에게로 향했다.

"도와드릴까요?"

끄덕.

그 말에 작게 끄덕이는 제갈청하를 본 후포성이 미소를 지었다.

"그러면 앞으로 대련은 제갈 소저가 저보다 먼저 하는 겁니다?"

말하며 허리춤에서 검을 뽑아 든 후포성이 제갈청하와 조금 떨어진 자리에 섰다.

─놈이 강해 보이긴 해도 저희 포두님보단 강할 순 없을 겁니다.

귀에 울리는 후포성의 전음은 직전까지 장난기가 섞인 말투가 아닌 진지함이 묻어 있었다.

그렇게 화진성은 자신 앞에 각기 검을 들고 있는 제갈청하와 후포성을 보며 비릿하게 미소 지었다.

'같잖은 것들. 마음 같아선 곧바로 죽여 버리고 싶지만, 계획이 우선이겠지.'

화진성은 계획을 잊지 않고 있었다.

"자리가 다소 협소한데 자리를 옮길까?"

화진성의 말에 둘은 의아한 표정을 숨길 수 없었다.

이 자리에서 싸운다면 유리한 것은 당연히 화진성이

었는데 굳이 자리를 옮겨 주겠다니 그들로선 거절할 필요가 없었다.

"원하는 대로."

후포성이 먼저 움직이라는 손짓에 화진성이 자리를 박차며 2층으로 뛰어올라 난간 밖으로 튀어 나갔다.

그리고 그 뒤를 후포성이 곧장 따라나섰고 제갈청하는 한창 제압 중인 동생에게 전음을 날렸다.

—정리한 후에 내가 혹시라도 늦다 싶으면 곧바로 지포두님에게 알려.

제갈청운에게 전음을 날리고 곧바로 그녀 역시 후포성을 바짝 쫓기 시작했다.

제갈세가가 매입한 객잔에서 소란이 벌어진 시각, 지악천은 소란 자체는 인지하고 있었다.

하지만 그곳이 제갈세가가 매입한 객잔에서 벌어진 일인지는 모르고 있었다.

'흐음… 굳이 나서지 않아도 금방 진정 될 거 같네.'

감각이 옅어진 만큼 세밀하게 느끼지 못해서 그런지 싸우는 이들이 제갈세가 사람들이라는 사실은 전혀 모른 채 상황이 어느 정도 정리되고 있다는 것만 인지하고 관심을 끊었다.

그렇게 관심을 끊고 계속해서 기감을 넓혀가는 도중,

자신의 기감을 교묘하게 자극하는 뭔가를 느꼈다.

'뭐지? 동물? 아니지… 동물이 내 기감을 자극할 리가 없겠지. 백촉 같은 영물이 또 있지 않은 이상엔 말이지. 그렇다면 사람이라고 봐야겠지?'

감았던 눈을 뜬 지악천이 자리에서 일어났다.

"미야양."

지악천의 곁에 있던 백촉이 지악천이 움직일 듯 낮게 울었다.

그런 백촉의 울음소리에 담긴 뜻을 단박에 파악한 지악천이 어이없다는 듯이 웃었다.

"야, 아까 저녁도 먹었으면 배고프다고 하면 되겠냐? 그러다 너 돼지 된다."

"미야옹!"

돼지라는 말이 거슬렸는지 백촉이 획 하니 자릴 옮겼다.

"크크. 백촉아. 잠깐 나갔다 올 테니까 얌전히 있어."

살짝 토라진 듯한 백촉의 머리부터 등허리까지 두어 번 쓰다듬은 지악천은 그대로 현청을 빠져나갔다.

빠르고 은밀하게 현청을 빠져나간 지악천은 최대한 기척을 죽이며 자신의 기감을 건드렸던 이가 있을 만한 장소로 향하고 있었다.

객잔을 빠져나온 화진성이 곧장 성벽을 넘어서 한동안 나아가다가 한적한 곳에서 멈춰 서자, 뒤이어 후포성과 제갈청하가 그와 조금 떨어진 자리에서 멈춰 섰다.

화진성은 자신을 노려보는 후포성과 제갈청하를 보며 비릿한 미소를 잃지 않고 있었다.

"호랑이 무서운 줄을 모르는 하룻강아지 같은 연놈들! 내가 그 자신감을 박살 내주마."

그 말이 끝나기 무섭게 화진성이 양손을 쥐면서 기수식을 취했다.

그런데 그 기수식이 일반적이지 않고 특이했다.

보통은 양팔을 편하게 하거나 살짝 늘어뜨리는 것이 일반적이라면 화진성의 기수식은 오른손의 엄지와 손목으로 자신의 턱을 가리고 있었다.

그리고 그런 화진성의 모습에 후포성이 고개를 갸웃거리며 작게 중얼거렸다.

"……섬전수(閃電手)?"

나름대로 사파 지역권에서 낭인이긴 했지만 이름 좀 날렸던 후포성은 화진성의 기수식을 보고 곧장 섬전수라는 화진성의 별호를 떠올렸다.

그럴 수 있을 정도로 그의 기수식이 특이하다고 할 수 있었다.

후포성의 작은 중얼거림이었지만 이 자리에 있는 제갈청하와 화진성이 그것을 듣지 못할 리가 없었다.

'섬전수? 설마… 사파 100대 고수 섬전수 화진성? 그런 이가 왜?'

제갈청하는 후포성이 중얼거림을 듣고 화진성을 떠올릴 수 있었지만 확신할 순 없었다.

화진성 역시 자신의 정체가 들켰을 수도 있단 건 진즉에 깨달은 상태였다.

예상 밖의 인물인 후포성이 등장했으니까 말이다.

자신의 진신절기를 쓰지 않고 둘을 제압할 순 없다는 것쯤은 그 자신이 가장 잘 알고 있었다.

그들의 신경이 분산된 틈을 타 화진성이 단박에 그들과의 거리를 좁혔다.

훅!

섬전수라는 별호가 아깝지 않을 정도로 화진성의 섬전 같은 손이 후포성을 향해서 쏘아져 나갔다.

"지랄하네!"

화진성의 날아드는 손을 보며 일갈한 후포성이 가볍게 몸을 틀어서 피하며 물러섰다.

후포성의 반응에 화진성은 이런 걸 예상하지 못한 당황한 표정이 가려진 얼굴 밖으로 드러날 정도였다.

후포성은 화진성보다 더 빠른 속도에 무수히 두들겨

맞아본 사람이었다.

지악천의 매질에 가까운 대련에서 익숙해질 대로 익숙해진 속도에 비교하면 섬전수라 불리는 화진성의 속도는 장난 수준이나 다름없었다.

그리고 그것은 제갈청하도 마찬가지였다.

지악천이 그래도 제갈청하의 이름값과 세가를 봐서 후포성보다 많이 두들겨 맞아보진 않았지만, 그녀 역시 화진성의 움직임은 눈으로 놓치지 않고 반응할 수준은 충분했다.

그러는 와중에 먼저 공격한 화진성의 속내는 몹시 복잡했다.

'전귀 따위가 피했다고? 설마 이제까지 전귀가 자신의 무위를 숨기고 있었던 건가?'

방금 공격은 후포성이 제대로 방비가 된 상태에서 이뤄진 것도 아니었는데도 피해내는 모습에 화진성은 입을 꾹 다물 수밖에 없었다.

현 상황이 화진성 본인이 생각했던 그대로 가지 않고 있다는 사실은 최악의 상황을 상정해야 한다는 것을 뜻했다.

그런 생각을 하자 화진성의 눈빛이 돌변했다.

쾅! 펑!

화진성이 앞으로 딛고 있는 오른발로 진각을 밟기 무

섭게 제갈청하의 앞에서 흙더미가 솟구쳤다.

슈욱!

솟구쳐 오른 흙더미 때문에 제갈청하는 순간적으로 화진성을 시야에서 놓칠 수밖에 없었다.

그리고 그 순간 솟구쳐 오른 흙더미를 헤치며 뭔가가 제갈청하의 앞으로 날아들려고 했다.

하지만 화진성의 노림수는 실패로 돌아갔다.

어느새 다가온 후포성이 뻗고 있는 화진성의 손을 검면으로 가로막았기 때문이었다.

때앵!

"이 새끼 진짜 섬전수였네. 섬전수 새끼가 한다는 수작질을 전부 다 하고 있네."

제갈청하를 향하던 화진성의 손을 막아선 후포성은 말을 하며 자세를 고쳐 잡았다.

일격을 막아내긴 했지만, 화진성의 손에 담긴 내력이 절대 가볍다고 할 수 없었기에 시간을 벌 셈이었다.

"화진성. 사파 100대 고수의 반열에 있는 당신이 왜 여기까지 와서 시비를 걸고 있던 거지? 거기다 주워다 쓰지도 않을 새끼들 부추겨서 시비까지 걸다니 말이야. 내가 알기론 당신 따로 적을 두고 있지 않았다고 들었는데 말이야. 아니면 진짜 제갈세가가 우습게 보였나? 제대로 알고 보면 우습게 안 보일 텐데."

"……."

후포성의 말에 화진성은 침묵했다.

하지만 화진성의 눈에 일어나는 노기(怒氣)는 점점 커졌다.

촤아악!

후포성이 자신의 정체를 인지해버렸기에 거치적거리기만 하는 천을 찢어버린 화진성이었다.

"100대 고수의 말석쯤에 있다곤 하지만 이렇게 추잡할 놈인 줄은 몰랐네."

"전귀. 놈… 이렇게 주둥아리를 나불거리는 놈이 아니라고 들었는데 썩 믿을 만하지 않군."

"어라? 날 알아?"

화진성의 말에 후포성은 신기한 표정을 지었다.

자신이 절정 낭인 출신이라곤 하지만 활동반경이 넓지 않아서 크게 유명하지 않을 텐데 화진성이 알아보니 신기했다.

으드득.

'빌어먹을!'

화진성은 안 그래도 꼬인 상황에 실수까지 했다는 사실에 그답지 않게 마음이 아주 조금씩이지만 조급해졌다.

조용히 이 상황을 지켜보고 있는 제갈청하는 섬전수

화진성이 이곳에 얼떨결에 나타난 것이 아니고 누군가가 사주했다는 인지했다.

'생각해보니 우리가 있는 곳을 고의로 찾아와서 세가를 들먹이며 우롱했지. 확실히 다분히 고의적이었어. 그런데 저자의 목적이 뭐지? 날 죽이거나 볼모로 잡으려고 했다면 처음 마주하기 무섭게 곧장 출수했어야 정상이야. 중간에 끼어든 후 포두까지 함께 일부러 이곳까지 끌고 왔어. 함정이 따로 있지도 않은 것 같은데.'

"……설마!"

계속해서 침묵하고 있던 제갈청하가 침묵을 깨고 탄성을 내뱉자 후포성의 시선이 저절로 옮겨갈 수밖에 없었다.

"제갈 소저. 뭐라도 알았습니까?"

"저자의 목적은 제갈세가와 우리가 아니에요. 지 포두님이에요! 발을 묶으려는 속셈이에요!"

"하… 제갈 소저. 누가 누굴 걱정합니까? 천하십오절(天下十八絕)에 속한 고수가 오지 않는 이상 어림도 없다는 걸 알지 않습니까."

제갈청하의 걱정스러운 말에 후포성은 고갤 절레절레 흔들었다.

후포성의 말에 화진성의 미간이 일그러졌다.

후포성의 말만 가지고 생각한다면 송옥자가 상대할

예정인 지악천의 무위가 천하십오절처럼 화경에 올라섰거나 그에 근접했다는 말인데 그걸 마냥 믿을 순 없지 않겠는가.

"급하니 헛소리를 내뱉는 모양이군."

"훗! 헛소린지 아닌지는 나중에 확인해보면 될 일이고."

화진성의 말에 후포성이 콧방귀를 날렸다.

"하지만 그 전에 내 손에 잡혀가겠지만 말이야."

후포성의 자신만만한 말에 화진성은 어이가 없었다.

그러는 순간 화진성은 자신의 얼굴을 향해서 날아드는 뭔가를 알아차리고는 팔을 황급히 휘둘렀다.

파앙! 툭.

저릿저릿!

화진성이 황급하게 휘두른 팔에 맞고 떨어진 것은 작은 돌멩이였다.

그리고 그 돌멩이를 던지는 것은 다름 아닌 제갈청하였다.

"아직도 장난으로 보일까?"

제갈청하의 얼굴에도 후포성과 같은 자신만만함이 깃들어 있었다.

그리고 화진성은 둘의 알 수 없는 자신만만함의 기원을 알 수 없었기에 짜증이 솟구쳤다.

"이런 빌어먹을 연놈들이!"

그런 화진성을 뒤로 한 채로 후포성이 왼손을 등 뒤로 옮기면서 검지를 세우면서 제갈청하에 신호를 보냈다.

그 뜻은 지악천을 상대로 했던 연수합격의 방식을 뜻하는 것이었다.

그걸 이해한 제갈청하가 후포성의 왼쪽이 아닌 오른쪽으로 천천히 움직였다.

"네놈이 대신해서 맞아라!"

화진성은 전혀 이해할 수 없는 말을 하며 달려드는 후포성을 보며 미간을 더 일그러졌다.

은밀하게 움직이던 지악천은 자신의 기감을 자극하던 무언가를 느꼈던 자리에 도착했다.

'어디지?'

자릴 잡고 기감을 건드리던 이가 어디 있는지 확인하기에 이리저리 둘러봤지만, 찾을 수 없었다.

'그새 떠난 건가?'

그런 생각을 하며 다시 발길을 돌려 돌아가려는 순간 지악천의 귀에 소리가 들려왔다.

저벅, 저벅, 저벅.

"나를 찾고 있었는가?"

그 목소리의 주인은 송옥자였다.

지악천이 그를 돌아보며 대답했다.

"제가 귀하를 찾기 전에 귀하께서 먼저 저를 자극하셨지 않습니까. 그러니 반대 아니겠습니까."

뒷짐을 지고 있는 송옥자는 그 말에 비릿한 미소를 지었다.

"그렇다고 할 수도 있겠군."

지악천은 짐짓 도사풍 차림의 송옥자가 적개심을 드러내지 않고 있기에 살짝 경계심을 누그러뜨렸다.

"무슨 일로 찾아오셨는지 물어도 되겠습니까."

그 물음에 송옥자는 가볍게 미소를 지었고 그 모습을 본 지악천은 썩 좋은 느낌을 받지 못했다.

'느낌이 썩 좋지 않네. 근데 어떻게 날 알고 찾아왔을까?'

"제가 실수를 했습니다. 남악 현청의 포두 지악천이라고 합니다. 귀하께선 누구십니까."

"화산의 송옥자라고 하네. 자넬 만나러 왔지."

"왜 절 찾아오셨습니까?"

"왜라니? 다 이유가 있으니까 그렇지 않나. 8인회도 그렇고 천기산인도 있지."

송옥자의 말에 지악천의 눈이 일순간 좁혀졌다가 돌아왔다.

'이제까지의 사람들과는 다른 반응이군. 극과 극으로.'

이제까지 봐왔던 모두 화문강에 대해서 극진한 태도를 보였지만, 지금 눈앞에 있는 송옥자의 태도는 앞서 만났던 이들의 태도와 비교한다면 불손한 태도라고 할 수 있었다.

지악천은 송옥자의 말을 듣고 일전에 들었던 모두가 같은 생각을 하는 것은 아닐 수 있다는 말을 떠올렸다.

'좋은 이유로 오진 않은 모양이군.'

송옥자가 자신을 찾아온 이유가 좋은 이유가 아니라는 걸 깨닫기 무섭게 감정의 벽을 친 듯한 태도가 일순간 흘러나왔다.

이것은 명백한 지악천의 실수였다.

변화를 마주하고 있던 송옥자가 알아보지 못할 리가 없었기 때문이었다.

"조용한 곳으로 옮기시죠. 굳이 소란을 일으킬 생각이 없다면 말이죠."

"좋지. 원하던 바일세."

자리를 옮기자는 지악천의 말에 송옥자는 거절하지 않았다.

어차피 그건 자신이 가장 원하는 것이었으니까.

그렇게 자릴 옮기는 모습을 멀리서 바라보고 있던 강성중의 시선은 썩 좋진 않았다.

'어지간하면 지진 않겠지만, 그래도 불안하긴 하네.'

강성중은 송옥자가 화경에 닿지 못했다는 걸 알고는 있지만, 그가 그만큼 오랫동안 정체된 상태라는 것도 잊지 않고 있었다.

그리고 특히 송옥자가 이런 행보를 보이기 시작한 시기가 자신과 동년배들이 화경에 한둘씩 진입하면서부터였으니까 말이다.

이 순간 강성중은 짧은 고민을 했다.

앞서 들어왔던 이들이 제갈세가와 충돌할 것은 뻔한 일이었고 제갈 남매를 도와야 하나 말아야 하냐는 짧은 고민을.

하지만 결국 그의 선택은 지악천과 송옥자의 뒤를 따라가는 것이었다.

자신의 임무에 충실하기 위한 선택이었다.

그리고 만일 송옥자가 죽는다면 그의 주검을 챙겨서 무림맹에 넘겨야 하는 것도 그의 일이었다.

그렇게 지악천이 옮긴 자리는 그들이 매번 대련을 하던 장소였다.

지금 제갈청하와 후포성이 화진성을 상대하고 있는 정 반대편이란 뜻이었다.

"흐음……."

지악천을 따라온 송옥자는 주변의 흔적을 보고선 이곳에서 비무 또는 싸움이 자주 일어났던 장소라는 걸 단박에 알아봤다.

그런 송옥자의 기색을 읽은 지악천이 먼저 말했다.

"그저 수련에 이용한 장소일 뿐이니 별다른 걱정할 필요 없습니다."

"그 말은 이 자리에서 싸우기에는 더없이 좋은 말이로군."

지악천도 송옥자도 서로의 감정을 숨기지 않았다.

"이 이상 굳이 긴말이 필요 없을 듯하군요."

그 말을 끝으로 지악천이 단전 속에 꾹꾹 누르고 있던 기운들을 풀어놨다.

상대가 상대인 만큼 전력을 아낄 순 없었다.

그리고 그런 지악천의 풀어진 기운에서 자연스럽게 풍겨오는 위압감을 정면으로 느낀 송옥자의 얼굴은 미소가 사라졌다.

'예상 그 이상이로군.'

자신의 예상을 훌쩍 뛰어넘는 수준이긴 했지만, 이제와 물러설 순 없었다.

이미 일은 벌어졌고 이대로 물러섰다간 뒤처리가 더 큰 문제로 남을 수 있었다.

특히 제갈세가를 건드린 이상 더더욱 말이다.

내심 제갈세가를 흔드는 역할을 맡은 화진성이 제갈세가를 다 제압하거나 그게 힘들다면 그가 죽길 바랐다.

지악천 46

지악천이 가볍게 목과 손발을 돌리며 몸을 푸는 중에도 송옥자는 그의 움직임 하나하나를 놓치지 않겠다는 듯이 주시하고 있었다.

무인의 행동 하나하나에 무공의 흔적이 있는 경우가 많기에 하는 행동이었다.

'지금까진 별달리 눈에 띄는 건 없군.'

지악천은 말 그대로 정말 가볍게 몸을 풀 뿐이었다.

한동안 몸을 풀던 지악천의 팔다리의 움직임이 없자 송옥자가 물었다.

"다 끝났나?"

"시작하시죠."

고개를 끄덕이면서 기수식을 취하는 지악천의 모습을 본 송옥자가 살짝 눈살을 찌푸렸다.

'검을 쓰지 않는다? 음? 그러고 보니까…….'

지악천의 허리춤에 달고 있는 검을 본 송옥자의 표정이 썩 좋지 않았다.

"왜 무왕의 검이 어째서……?"

"아, 받았습니다."

송옥자의 물음에 지악천은 대수롭지 않게 답했다.

"무왕에게서?"

"당연히 그렇지 않겠습니까? 설마 훔쳤겠습니까?"

"……."

사실 지악천의 말은 너무나도 당연한 말이었다.

송옥자 역시 지악천이 신승과 무왕에게 인정받았다는 말을 듣긴 했지만, 무왕이 자신의 검을 내줄 정도라곤 생각지 않았다.

'확실하게 처리하지 못하면 뒷일은 감당하지 못하겠군.'

특히 지악천을 죽인다고 한들 무왕의 검은 함부로 쓸 수 없는 물건이었다.

무왕의 검은 그의 신물이자, 증표라고 할 수 있는 특수하고 특이한 검이었으니까.

"지금에서야 물러날 생각이라면 그냥 돌아가시죠."

지악천의 말에 송옥자는 그저 말없이 검을 뽑아 들었다.

'최대한 흔적을 남기지 않는다.'

검을 든 송옥자의 자세는 화산파의 대표적인 검법인 매화검법이 아닌 평범한 삼재검법이었다.

'삼재검법?'

지악천도 알고 있고 가장 오랫동안 익혔던, 누구라도 익힐 수 있는 기초 중에서도 가장 기초라고 할 수 있는 삼재검법이었다.

검을 잘 쓴다면 삼재검법 자체로도 훌륭한 수단이라고 할 수 있지만, 그와 별개로 흔적을 숨기는데 이만한 무공이 없었다.

그런 송옥자의 속내를 모르는 지악천은 그의 기수식을 보면서 고개를 갸웃거렸지만, 이내 의문을 지웠다.

송옥자가 무슨 무공을 펼치든 그것은 자신이 상관할 이유가 없었다.

그렇게 의문을 지워내기 무섭게 지악천이 먼저 움직였다.

8성에 오른 환영구보(換影九步)를 펼치자 지악천의 신형이 옅은 잔상을 남기며 허깨비처럼 사라졌다.

분명 지악천의 신형은 사라졌지만 송옥자는 그 자리에 가만히 있었다.

정확히는 전혀 움직이지 않고 있는 송옥자의 몸과 달리 눈은 한시도 가만히 있지 않았다.

그 뜻은 송옥자의 시선은 사라진 지악천의 신형을 빠르게 좇고 있다는 뜻이었다.

그리고 그때 곧추세운 송옥자의 검이 비스듬하게 기울어졌고 곧장 지악천의 신형이 나타나더니 송옥자를 향해서 권기가 씌워진 주먹이 날아들었다.

콰아앙!

큰소리와 함께 주변에 강한 충격파를 일으키긴 했지만 지악천의 권기는 송옥자를 별다른 충격을 주지 못한 채로 그의 검에 막혔다.

'묵직하군.'

그것이 송옥자가 느낀 지악천의 일격이었다.

다만 그런 감상보다 송옥자의 눈은 욕심으로 번들거리기 시작했다.

지악천이 방금 쓴 보법과 권법은 송옥자가 어디서도 들어본 적 없는 종류의 것이었다.

'더 많은 것을 내보여라.'

그 순간 지악천의 신형이 다시금 움직였다.

쾅! 콰앙! 쾅! 콰쾅!

지악천의 권기를 삼재검법으로 가볍게 막아낸 송옥자의 눈은 가라앉았다.

그 눈은 지악천의 공세에 실망한 듯했다.

그럴 만도 한 게 이어진 지악천의 공세는 너무나도 단순했다.

처음 느꼈던 감상평에서 그 이상도 그 이하도 아니었다.

그러니 오히려 실망감이 클 수밖에 없었다.

'이런 놈을 신승과 무왕이 인정했다고? 어딜 봐서?'

송옥자는 이상하게 느낄 수밖에 없었다.

아무리 봐도 지악천은 별거 없어 보였고 실제로도 별거 없었다는 것이 자신의 판단이었다.

그런데 자신보다 월등하게 위에 있는 이들이 인정했

다는 것을 이해할 수 없었다.

'도대체 뭘 보고 인정했지?'

그렇게 실망스러운 감정에서 분노로 이어지는 그때, 지악천의 움직임에 변화가 생겼다.

송옥자의 눈에 지악천의 신형이 길게 늘어지는 듯 보이는 순간 지악천의 주먹이 그의 얼굴을 향하고 있었다.

쏴아아악! 꽝!

지악천의 권기에 그대로 얼굴을 무방비로 맞을 뻔한 송옥자는 재빠르게 검을 들어올려 막았지만, 그대로 대략 넉 장 거리를 밀려나 버렸다.

'미친!'

아무리 한순간을 놓쳐서 급하게 막았다지만 이만한 충격이라니.

한참 실망하던 송옥자에게 경종을 울리는 한방이었다.

그리고 그런 감정을 다스리기도 전에 지악천의 공세는 멈추지 않았다.

지악천이 송옥자를 밀어붙이기 위해서 펼치는 것은 무형십삼세(無形十三勢)였다.

아직은 살짝 부족한 8성의 무형천류(無形天流)보다 완숙한 무형십삼세의 완성도가 더 뛰어났기에 당연한 선택이었다.

다만, 워낙에 오랜만에 펼치는 무형십삼세이기도 했고 더군다나 삼원조화신공(三元造化神功)으로 변화된 내공을 이용해서 펼치는데 약간의 적응에 시간이 필요하기도 했다.

그 시간이 이전의 공세였다.

지금은 완전히 적응한 상태라고 할 수 있었다.

그랬기에 앞서 송옥자가 느낀 것과 일순간 달라진 것이기도 했다.

갑자기 달라진 지악천의 모습에 송옥자의 눈에서 흘러나오려던 분노는 사그라들고 다시금 욕망이 들끓기 시작했다.

지금껏 지악천이 보인 무공이 정말 작은 부분에 불과하다는 걸 인지하곤 송옥자가 드디어 움직이기 시작했다.

구궁보(九宮步)를 쓰는 송옥자의 움직임은 지악천이 이제까지 경험해보지 못한 방식이었다.

하나의 축을 이용해서 사방으로 움직일 수 있는 구궁보의 방식은 경험이 많이 부족한 지악천에겐 색다르게 다가왔다.

이러한 것은 지악천의 머릿속에 하나하나씩 기록되고 있었다.

본래는 구궁보를 쓸 생각이 없었던 송옥자였으나 지악천의 움직임을 따라잡으려면 구궁보가 가장 알맞다고 판단했다.

흔적이 남을 수 있다는 사실을 알고 있었지만 괘념치 않았다.

'어차피 흔적이 전부가 아니다. 지금은 수단을 가릴 때가 아니야.'

단 일격이었지만 지악천의 힘을 간접적으로 체험했기에 내린 판단이었다.

지악천은 송옥자가 구궁보를 쓰는 순간부터 그의 움직임에 살기가 담겨 있다는 걸 느꼈다.

그 순간 섬뜩함과 동시에 눈앞에서 번뜩임을 느끼면서 상체를 틀며 꺾었다.

슈욱!

지악천의 상체가 뒤로 꺾이기 무섭게 송옥자의 검이 정확히 지악천의 어깨가 있던 자리를 찔러 들어왔다.

그 순간 고민했다면 어깨에 바람구멍이 생겼을 것이 분명했다.

송옥자가 일순간 펼친 무공은 삼재검법도 아니었다. 하지만 그렇다고 화산파의 무공 형식이 아니었다.

지악천은 몰라도 멀리서 지켜보고 있는 강성중은 알아볼 수 있었다.

'화산파에서는 저런 식의 검법은 없어. 그렇다면… 송옥자가 스스로 수련을 했거나 어디선가에서 습득했다는 건데 흐음.'

강성중은 계속해서 이어지는 송옥자의 공세를 지켜보는 중에도 그가 화산파의 것이 아닌 검법을 위주로 쓰고 있다는 걸 확인할 수 있었다.

보통 문파나 세가의 무공이 아닌 무공을 학구적으로 접하는 경우는 많다.

상대가 쓰는 무공이 뭔지 수박 겉핥기 수준이라도 알고 있어야 대처할 수 있기 때문이다.

하지만 송옥자처럼 자신이 속한 문파인 화산파의 무공이 아닌 무공을 쓰는 것은 경우는 웬만큼 학구적이거나 무공에 미친 사람이 아닌 이상에는 하지 않은 행위였다.

보통 상승 무공 하나 내지 두 개까지도 끝까지 대성하기 힘든 게 구파일방와 오대세가의 무공이었기에 저렇게까지 하는 이들이 특이한 경우였다.

'그렇다고 하기에는 송옥자는 너무 특이하군.'

강성중이 알기로는 송옥자의 진신절기는 이십사수매화검법(二十四手梅花劍法)과 탈명연환삼선검(奪命連環三仙劍)이다.

이 두 가지 검법이 주력이라 할 만큼 거의 완숙한 경지에 다다른 화산파의 고수라고 알려졌기에 그가 펼치는 화산파의 무공이 아닌 다른 검법을 주시하며 고갤 갸웃거렸다.

'도대체 목적이 뭐지? 송옥자.'

강성중은 생각하면서도 눈으로 따라가기 힘든 속도로 계속해서 공방을 벌이고 있는 지악천과 송옥자에 다시금 집중했다.

지악천의 무형십삼세와 송옥자의 정체 모를 검법과 수차례 부딪혔지만, 딱히 자웅을 가릴 순 없었다.

특히 무형십삼세를 상대하는 송옥자의 눈에선 안 그래도 짙어진 욕망이 더더욱 활활 타올랐다.

자신이 쓰는 검법은 과거 한 지역에서 이름깨나 날렸던 이의 검법을 갈취한 것이었다.

물론 송옥자가 펼치는 검법의 원주인은 이미 산 사람이 아니었다.

송옥자는 수많은 무공을 갈취해왔지만 지금 쓰는 이 검법만큼 마음에 드는 것이 없었다.

그런데 지악천이 펼치는 무형십삼세는 그것을 뛰어넘는 수준이라고 생각했다.

하지만 그것은 반만 맞는 이야기였다.

지악천이 펼치는 무형십삼세는 여태껏 유래를 찾아볼 수 없을 만큼 잠들어 있던 무공이었다.

지금 지악천의 내공의 토대가 된 단심공(丹心功)을 기반으로 만들어진 내공을 기초로 했기에 당장 송옥자가 무형십삼세를 익혀봤자 절반의 위력도 내기 힘들다고 할 수 있었다.

물론 그것은 어디까지나 지악천이 무형십삼세에 대해서 풀어내 줄 수 있을 때 이야기지만 말이다.

지악천은 이제까지 자신이 익힌 무공에 대해서 크게 의문을 가진 적이 없었다.

각 무공이 완숙에 다다르면 말 그대로 머릿속에 쑤셔 박아 넣어지는 방식이라, 전수할 수 없는 무공이었다.

문파나 세가처럼 구술이나 비급으로 대대손손 내려오는 것이 아니기에 송옥자의 욕망은 절대로 이뤄질 수 없는 희망사항에 불과했다.

그것을 아는지 모르는지 송옥자의 공세는 점점 더 사납게 변해가고 있었다.

티잉~! 후웅!

정면을 향해서 날아드는 송옥자의 검면을 왼손 손등으로 튕겨낸 지악천은 가볍게 진각을 밟으며 남은 오른 주먹으로 권풍을 일으켜 송옥자를 노렸다.

그리고 그 권풍 뒤에 어느새 회수한 왼손으로 은밀하게 격공장을 날렸다.

그것은 일전에 강성중을 상대로 했던 방식이었다.

송옥자는 자신의 검을 튕겨낸 지악천의 권풍을 남은 손에 내공을 실어 내저으면서 와해시켰다.

그리고 곧바로 앞으로 달려들기 위해서 움직였다.

후우우웅!

"......!"

지악천을 향해서 달려들려던 송옥자는 순간적으로 주변의 공기가 빨려 들어가는 듯한 소리에 멈춰서고 싶었지만, 이미 늦었다.

콰아앙!

같은 시각 지악천과 송옥자가 있는 곳과 반대편에 있는 제갈청하, 후포성, 화진성의 몰골은 다소 엉망이라고 할 수 있었다.

물론 누가 더 엉망이냐고 한다면 단연코 화진성이라고 할 수 있었다.

"크아아악!"

그만큼 제갈청하와 후포성의 연수합격은 더없이 훌륭했다.

지악천을 상대했던 때와는 달랐다.

지악천을 상대할 땐 목숨을 노리지 않기에 손속이 살짝 누그러졌지만, 화진성을 상대로는 그럴 이유가 없는 것이 크다고 할 수 있다.

더욱이 그것보다 더 큰 이유가 있었다.

바로 지악천과 화진성의 격차였다.

아무리 섬전수라는 별호로 불리는 화진성이라도 지악천의 속도와 비교할 수는 없었다.

제갈청하와 산전수전 다 겪었을 후포성이 생각지도 못한 방식을 한 치의 망설임 없이 구사하는 지악천을 겪었기에 그들은 큰 어려움 없이 화진성을 밀어붙이고 있었다.

—제갈 소저. 생각보다 쉽지 않소이까?

—그렇긴 하네요. 진짜 섬전수가 맞을까요?

둘은 자신들이 화진성을 밀어붙이고 있다는 사실을 차마 믿지 못하고 아예 화진성을 부정하고 있었다.

그만큼 지악천에게 혹독하게 당했던 것이 둘에게 어마어마한 도움이 되고 있었다.

둘의 반대편에서 최대한 호흡을 가다듬고 있는 화진성은 숨을 가다듬다가 입술을 세게 깨물었다.

제갈청하와 후포성. 개개인의 무위는 별거 아니었지만, 연수합격은 이상하리만치 호흡이 좋았다.

처음 그들을 압도할 수 있으리라 생각했던 예상은 무참하게 무너졌다.

'씨발.'

입 밖으로 온갖 욕이 가득 차올랐지만 차마 내뱉지 못

했다.

욕을 내뱉을 시간에 차오르는 숨을 내리는 게 더 중요했다.

하지만 그런 화진성이 회복하게 두지 않겠다는 듯이 그의 목을 향해서 제갈청하의 검이 먼저 움직이기 시작했다.

그에 맞춰서 후포성이 움직이기 시작했다.

화진성이 자신을 살려놓을 생각 따윈 없다는 듯이 목을 향해서 서슴없이 날아드는 제갈청하의 검을 피해내기 무섭게 후포성의 검이 아닌 발길질이 그의 콧등을 스쳤다.

"큭!"

"쳇! 스쳤네!"

스치긴 했지만 충격이 없지 않은 듯 화진성의 코에서 쌍코피가 흐르기 시작했다.

아무리 발끝에 스쳤다고 해도 충격을 흘려보낼 수 있는 자세가 아니었기에 이만한 게 오히려 다행이라고 할 수 있을 정도였다.

패앵!

재빠르게 점혈로 흘러나오는 피를 막고 고여 있는 피를 풀어낸 화진성의 얼굴에는 노기만 가득했다.

그를 보는 제갈청하와 후포성의 얼굴에는 여전히 자

신만만함이 가득했다.

 아직 제갈청하와 후포성이 화진성을 압도하고 있다곤
할 순 없었지만, 그를 상대로 우위를 점하고 있는 것은
사실이었다.

 제갈청하와 후포성의 검법은 성질이 같은 검법이 아
닌데도 화진성이 이해할 수 없을 정도로 잘 어우러졌
다.

 둘의 검법이 자신을 압박해오고 있는 현실에 화진성
은 아직도 적응하지 못했다.

 지금도 자신을 향해서 날아드는 둘의 검을 피하기 급
급했다.

 파훼할 수단을 찾아낼 수 없을 정도로 막고 피해내는
데 급급했다.

 제갈청하의 검이 치고 빠지는 순간을 맞춰서 그녀에
게 반격하려는 순간, 그걸 방해하는 후포성의 검이 정
말 절묘하다 싶을 정도로 찔러 들어오니 화진성으로선
감당하기 힘들었다.

 만약 화진성이 정말 뛰어난 무인이었다면 둘의 빈틈
을 찾아내 반격했을지도 모르겠지만 그는 사파의 100
대 무인이라 해도 말석 수준일 뿐이었다.

 숨겨둔 한 수가 없다곤 할 순 없지만 그렇다고 당장 쓸
수 있는 수도 아니었다.

아슬아슬하게 연수합격을 막고 피해내는 상황에 그런 숨겨둔 한 수를 쓸 틈이 없었다.

'저 빌어먹을 연놈들 설마 붙어먹고 있는 거 아니야? 아니면 어떻게 저리…….'

지악천에게 어떤 일을 겪었는지 알 리가 없는 화진성으로선 그런 생각까지 하는 게 그리 이상한 것은 아니었다.

그사이에 후포성의 검이 화진성의 가랑이를 노리고 날아왔다.

화진성이 하던 생각을 접고 피하면서도 절로 욕이 입 밖으로 튀어나왔다.

"이 개새끼가!"

팟!

같은 남자로서 어떻게 그럴 수 있냐는 듯한 감정이 담긴 욕설을 내뱉기 무섭게 제갈청하의 검이 화진성의 가슴을 갈랐다.

주르륵.

한순간을 참지 못한 결과가 이제까지의 자잘한 상처들과는 달리 살짝 깊은 상처를 만들어냈다.

그리고 그 자리에서 피가 빠르고 너저분하게 된 옷에 스며들기 시작했다.

"미친 새끼. 상대를 죽이려고 하는 싸움에 그딴 게 대수냐? 죽으면 쓰지도 못할 텐데."

"……."

후포성의 말에 화진성은 입을 닫았다.

그의 말이 틀리지 않았기 때문이다.

후포성 역시 사파에서 낭인으로 벌어먹던 사람이었기에 화진성의 성향을 모르지 않았다.

단지 자신이 밀리고 위급하니 그런 말을 내뱉는 것뿐이었다.

자신 역시 상대를 죽이기 위해서라면 수단과 방법을 가리지 않을 테니까.

화진성은 지금 도저히 자신이 어떻게 할 수 없는 상황까지 왔다는 것을 결국 인정할 수밖에 없었다.

'끄응. 빌어먹을 저런 연놈들을 죽이지도 못하고 도망쳐야 한다니.'

도망치기로 한 화진성이 가슴팍에서 흘러나오는 피를 옷으로 쓸어내리며 이를 악물었다.

지독하게 분했다.

그만큼 지금 상황은 화진성이 소속된 곳에서도 예상하지 못한 상황이었다.

화진성 정도면 정리될 줄 알았는데 오히려 수세에 몰렸다.

이것은 송옥자가 지악천을 제압할 수 없을 확률이 높

다고 볼 수 있다는 뜻이었다.

만약 지금 자신의 처지처럼 송옥자의 뜻대로 이뤄지지 않고 있다면… 화진성은 목숨 걸고 이 자리에서 도망쳐야 했다.

만일 도망치는 게 불가능하다면 스스로 목숨을 끊든가.

달리 남은 방법이 없었다.

'난 죽고 싶지 않아.'

결국, 그가 선택한 것은 자살보단 도주였다.

그런 화진성의 미묘한 행동에 제갈청하보다 상대적으로 눈치가 빠른 후포성이 전음을 날렸다.

─제갈 소저! 놈이 도망치려고 머리 굴리고 있는 거 같소!

그런 후포성의 전음이 제갈청하의 귀에 울리고 이내 화진성의 신형이 뒤로 빠르게 물러나기 시작했다.

"다음번에 만나게 된다면 기필코 네 연놈을 죽여 버리고 말겠다!"

그 말을 끝으로 빠르게 뒤로 빠지는 그를 제갈청하는 따라가려고 했다.

그러나 화진성의 신법은 둘의 생각 이상으로 빨랐기에 다소 어이없는 표정으로 지켜볼 수밖에 없었다.

후포성이 그 모습을 보며 중얼거렸다.

"와… 섬전수(閃電手)가 아니고 섬전보(閃電步)네. 손보다 발이 더 빠르네."

후포성의 중얼거림에도 제갈청하의 시선은 끝까지 화진성을 향해 있었다.

빠르게 도망가던 그가 멈춰 선 것을 봤다.

그리고 순간 그의 신형이 제갈청하의 시선에서 사라졌다.

'사라졌어?'

그 의문이 머릿속에서 사라지기도 전에 뒤쪽에서 무언가가 떨어지는 기척이 느껴지며 동시에 소리가 울렸다.

쿵!

"크어억!"

뭔가가 떨어지는 소리가 울리고 뒤이어 들려오는 비명은 분명 사람의 목소리였다.

그러니 사람이 떨어졌다는 걸 모를 수가 없었다.

그 소리에 고개를 돌린 제갈청하와 후포성은 바닥에 널브러진 상태로 앓는 소리를 내는 사람이 방금 자신들이 놓쳤던 화진성이라는 걸 바로 알아봤다.

그리고 둘은 동시에 한 가지 생각을 떠올렸다.

누가 화진성을 순식간에 끌고 왔는지 궁금하지 않을 수가 없었다.

그 순간 그들의 귀에 아주 익숙한 목소리가 들려왔다.

"이런 놈을 놓치면 쓰나."

* * *

지악천은 여유롭게 손목을 돌리며 앞에 있는 송옥자를 바라보고 있었다.

'반응이 새롭긴 하네.'

처음에 송옥자를 처음 마주했을 때와 다르게 언제 긴장했냐는 듯이 여유로움이 크게 묻어났다.

그처럼 지악천은 여유로웠고 그 정면에 있는 송옥자의 얼굴은 붉게 달아올랐다.

그리고 그 붉게 달아오른 얼굴만큼 그의 몰골도 처음과 달라져 있었다.

하지만 송옥자의 표정은 그런 것들과는 다르게 무표정했다.

'미친… 화기(火氣)와 냉기(冷氣)라니!'

그의 얼굴이 붉게 달아오른 이유는 단 하나였다.

지악천이 날린 장력에 담긴 화기(火氣) 때문이었다.

자신을 덮쳤던 화기에 놀라기도 전에 냉기를 머금은 장력 또한 그를 덮쳤기에 지금의 몰골이 된 것이다.

지금 송옥자의 속내는 분노, 질투, 욕망, 놀라움, 기타 등등이 섞여서 감정의 소용돌이를 만들어내고 있었다.

앞서 지악천을 봤던 이들과는 색다른 감정들이 자리하고 있었다.

다만, 그런 송옥자의 감정 중에서 가장 빠르게 커지는 감정은 역시나 '욕망'이었다.

자신이 지악천의 모든 것을 빼앗을 수 있다면 지금 가지고 있는 모든 것을 내려놓을 수 있다는 생각까지 일순간 할 정도였다.

'무조건! 저것은 기필코 내 것이다!'

결국, 폭발한 욕망은 모든 감정을 밀어내고 본격적으로 고개를 들이밀기 시작했다.

그리고 그것은 외부로 표출되기 시작했다.

지금까지 지악천을 상대로 좀처럼 우위를 점하지 못했던 송옥자의 전력이 드러나기 시작했다.

파앗! 쾅! 콰직!

단 한 걸음과 단 한 번의 검을 휘둘렀을 뿐인데 송옥자의 검을 막아낸 지악천의 신형이 뒤로 밀리면서 그 자리에 있던 두꺼운 나무를 박살내 버렸다.

나무를 부순 자리에 선 지악천의 팔에는 옅은 선혈이 흐르기 시작했다.

자신의 팔에 흐르는 피를 팔을 들어 슬쩍 본 지악천은

순간 이어가 없다는 듯이 눈을 껌벅거렸다.

정말 오랜만에 자신의 피를 보는 것이라 더욱 그런 감정이 큰 모양이었다.

'아… 확실히 강하긴 강하네.'

처음 자신이 느낀 것이 틀리지 않았다는 것을 다시금 인정하지 않을 수 없었다.

환골탈태한 이후로 처음 제대로 된 피를 본 셈이니 감회가 새롭기도 하고 뭔가 조금은 이상한 기분이었다.

그래도 이전처럼 자신의 피를 봤다고 해서 감정이 흔들리진 않았다.

한편 송옥자도 지악천과 같이 어이없다는 생각이 들었다.

'놈의 양팔을 잘라내지 못했다고?'

송옥자는 지악천이 팔을 들어 자신이 휘두르는 검을 막으려고 한 순간 승기를 잡았다고 생각했다.

일반적으로 권각지장(拳脚指掌)을 쓰는 이들이 병기를 막으려면 튕겨 내거나 흘려보내는 방식이 정석인데 지악천은 그걸 그냥 막아내려고 했기 때문이다.

하지만 결과는 송옥자가 생각했던 그대로가 아니었다.

고작 상흔을 남겨 피를 조금 흘리게 만든 수준에 그쳤다는 게 어이없을 뿐이었다.

'그만큼 자신 있었다는 건가…….'

타오를 듯한 욕망에 물들었던 눈이 이내 차갑게 식었다.

어지간한 방법으로는 지악천을 막아내거나 제압하기 힘들다는 것을 뜻하는 상황이니 단순히 몰아붙인다고 이긴다고 자신할 수 없다는 뜻이기도 했다.

그만큼 지악천의 신체 능력이 자신이 생각했던 몇 배 이상이라는 말과 다름이 없었다.

'정말 신승과 무왕이 인정할 만한 놈이군.'

전력을 드러내도 냈음에도 좀처럼 쉽지 않을 것이라는 계산이 끝나자 들떴던 마음이 더 가라앉았다.

부르르.

하지만 그럴수록 검파를 잡은 손이 떨릴 정도로 많은 힘이 들어갔다.

쓱쓱.

지악천은 양팔에 난 상흔을 별거 아니라는 듯이 가볍게 문질렀지만, 피가 손에 묻어나진 않았다.

보통은 그렇게 하면 상처가 더 벌어져야 했지만, 피가 더 묻어나지 않았다는 건 그 짧은 시간에 상처가 아물었다는 뜻이었다.

자신의 양팔을 훑어보는 지악천의 모습에 송옥자는 이를 악물었다.

'반드시 빼앗는다! 이미 내빼기엔 너무 멀리 왔어.'

다시금 검을 쥔 손에 힘을 주며 내공을 더 끌어올리기 시작했다.

그렇게 끌어올린 내공이 팔을 타고 검까지 도달하는 건 순식간이었다.

우우웅!

많은 내공을 밀어 넣기 시작하자 검이 울기 시작했다.

분명 그 울림은 검명이었다.

물론 그것이 오롯이 신검합일을 뜻하는 검명인지 많은 내공을 밀어 넣었기에 울리는 검명인지는 분명했다.

물론 그 광경을 보는 지악천은 그게 무슨 뜻인지 알지 못했다.

하지만 한 가지는 모르지 않았다.

송옥자가 직전보다 더 많은 내공을 끌어올렸다는 사실은 분명히 알았다.

'빚은 갚아야지.'

무형십삼세로 이젠 실전 감각까지 충분히 끌어올릴 수 있었던 지악천이 무왕에게 받은 검파를 잡고 뽑아 들었다.

무왕에게 받은 검은 세월의 흔적이 뚜렷하게 남아 있었지만, 무왕이 손질을 워낙 잘해놔서 그런지 검 자체에서 느껴지는 날카로움이 대단했다.

휙, 휙, 우우우우웅!!!

가볍게 검을 흔들면서 감각을 끌어올리고 내공을 밀어 넣자, 앞서서 송옥자의 검에서 들린 검명보다 압도적으로 선명하고 우렁찬 소리가 울려 퍼졌다.

거기다 검을 쥐고 있는 지악천이 느끼는 감각은 겉으로 보이는 것 그 이상이었다.

'뭐, 뭐야 이게?'

손에서 뚜렷하게 울리는 진동을 처음 겪은 지악천은 당황했다.

이런 경험 자체를 해본 적이 없기에 어쩔 수 없는 반응이었다.

그런 모습을 지켜본 송옥자의 눈은 살짝 일그러졌다.

지악천의 검에서 울리는 검명은 자신이 내공을 밀어 넣었을 때보다도 뚜렷했기에 자존심이 상했다.

'무왕의 검 때문일 뿐이다.'

애써 단순히 검의 차이라고 치부하려고 해도 입맛이 썼다.

그런 그의 불편한 심기가 입술을 잘근잘근 씹는 모습으로 투영됐다.

그렇게 딴 데 정신 팔고 있는 순간에 지악천이 사라졌다는 걸 인지하지 못했다.

쐐애액!

"……!"

송옥자는 지악천이 사라졌다는 걸 인지하기 무섭게 자신의 귀에 들려오는 공기를 가르는 소리가 들려오는 방향으로 황급하게 검을 들어올렸다.

터엉! 퍼억!

"우욱!"

공기를 가르면서 날아드는 지악천의 검을 막아냈지만, 송옥자의 복부를 뭔가가 후려쳤다.

복부에서 느껴지는 충격에 절로 허리가 꺾이면서 자신의 복부를 후려친 물체가 뭔지 알게 됐다.

'거, 검집?!'

송옥자의 복부를 후려친 물체는 지악천의 왼손에 들린 검집이었다.

검집 끝에 쇠로 된 장식이 달려 있기에 더욱 송옥자의 복부를 강하게 후려칠 수 있었다.

지악천은 거기서 멈출 생각이 없다는 듯이 검집을 회수하고 그대로 몸을 회전시키며 허리를 숙인 상태인 송옥자의 등을 향해서 검을 내려쳤다.

"흐읍!"

푹!

자신의 등으로 지악천의 검기가 넘실거리는 검이 내

리쳐진다는 걸 인지한 송옥자가 체면을 뒤로 한 채로 바닥을 굴렀다.

나려타곤(懶驢打滾)이었다.

정말 목숨이 달린 일이 아니라면 절대 하지 않았을 행동이었지만, 지악천의 내공이 담긴 검기가 그만큼 위협적이라는 방증이었다.

"쳇!"

피잉! 퍽!

송옥자는 나려타곤까지 펼쳐가며 가까스로 피했다.

그러나 지악천은 바닥을 찍은 검에 몸을 싣는 순간 튕겨내는 반동으로 바닥을 구른 송옥자의 등을 걷어찰 수 있었다.

그 결과 나려타곤을 했을 때보다 더 추레한 모습으로 바닥을 두 바퀴를 굴러야 했다.

송옥자는 걷어차인 등에서 느껴지는 아픔보다 바닥을 강제로 굴러야 했다는 부분에 더 화가 났다.

"이런 개……!"

송옥자의 입에서 욕설이 튀어나오려는 순간에 지악천의 번천구검(□天九劍)이 어졌다.

그것은 그의 가슴팍을 노리고 날아들었다.

쾅! 촤르르르륵!

쌍방의 검기가 부딪히는 순간 폭발과 동시에 불안정

한 자세로 받았던 송옥자의 신형이 그대로 뒤로 밀려버렸다.

하지만 지악천은 처음 그 자리에 한 치의 밀림도 없이 서 있었다.

송옥자와 마주하는 시간이 길어질수록 지악천의 자신감은 점점 커져만 갔다.

분명 처음에 커 보였던 송옥자가 이제는 자신과 비슷하게 보일 정도였다.

그만큼 사람을 보고 판별할 수 있는 눈을 조금씩이지만 가져가고 있었다.

그것을 비록 본인이 의식하지 못했다.

점점 기울기 시작한 균형은 빠르게 무너져갔다.

무너지는 쪽은 당연히 송옥자였다.

콰앙!

폭발음과 동시에 송옥자의 신형이 뒤로 멀리 밀려났다.

단순히 내공은 송옥자가 많았지만, 상대가 좋지 않았다.

지악천의 내부는 어우러지지 못한 내기, 화기, 냉기가 있었고 그것들의 총량은 송옥자의 내공을 아득히 뛰어넘는다고 봐야 했다.

다만, 그것을 제대로 활용하지 못하는 지악천의 문제

가 클 뿐이었다.

번천구검을 써서 실전 감각을 충분히 채웠다고 판단한 지악천의 선택은 당연하게도 유성검(流星劍)이었다.

지악천은 유성검을 수련하면서 한 가지 깨달은 부분이 있었다.

'이 검법은 정말 화기랑 잘 어울려.'

물론 지악천의 내공으로도 충분한 위력을 발휘한다고 할 수 있었지만, 별똥별이라는 이름에 걸맞을 정도로 화기와는 궁합이 거의 최고 수준이었다.

화기를 이용해서 검기를 만들었을 뿐인데도 그 모습이 마치 불타는 검을 쥐고 있는 듯한 느낌이 물씬 들 정도였다.

물론 실제로 보이는 것처럼 검에 닿는다면 불이 붙는 것도 이상한 일은 아니었다.

계속해서 보여주던 기수식과 다른 형태의 기수식을 하는 지악천의 모습에 여태껏 우위를 잡지 못한 송옥자의 표정은 좋을 수가 없었다.

'또 다른 무공이라고?'

방금까지 번천구검을 상대로도 우위를 잡지 못한 상황인데 송옥자는 자신의 상황이 점점 더 꼬여가는 느낌을 받았다.

당장 지악천은 이보다 좋은 실전 감각을 쌓을 기회가 없다고 생각했기에 천천히 모든 걸 풀어낼 생각이라 송옥자에게 희망을 주면서도 쉽게 놔줄 생각은 없었다.

'내가 생각해도 위험한 걸 강형이나 다른 이들에게 쓸 순 없는 노릇이지.'

지악천은 자신이 송옥자를 죽인다고 해도 그다지 상관없었다.

그만큼 손속에 자비를 두고 검을 휘두를 필요가 없다는 뜻이었다.

쾅!

이제까지 한 손으로 휘두르던 검을 갑자기 양손으로 잡고 휘두르니 송옥자는 안 그래도 밀렸던 힘이 더 맥없이 밀리다 못해 휘청거렸다.

"우욱! 이 새끼가!"

송옥자는 휘청거리는 몸의 중심을 빠르게 되찾으며 검을 휘두르며 반격에 나섰다.

지악천은 지악천의 화기로 만들어진 검기가 씌워진 상태로 유성검을 펼칠 뿐이었다.

쾅! 쾅! 쾅!

마치 검을 가지고 몽둥이처럼 휘두르는 지악천의 우악스러움에 반격하던 송옥자가 금세 수세에 몰려버렸다.

거기다 재차 날아드는 지악천의 공세를 검으로 받아
낼수록 꼿꼿하던 송옥자의 허리가 점점 뒤로 꺾이기 시
작했다.

그것은 유성검이 그만큼 위력적이어서 충격을 흘려내
는데 한계에 봉착했다는 뜻이었다.

송옥자는 공세를 막기에 집중했지만, 그와 달리 상대
적으로 지악천은 여유로울 수밖에 없었다.

유성검을 펼치면 펼칠수록, 송옥자를 밀어붙이면 붙
일수록 이상하게도 지악천은 안정을 넘어 평정심을 찾
아가고 있었다.

송옥자의 호흡과 움직임, 주변 공기의 흐름, 나무와
풀의 움직임.

그리고 가장 중요한 자신에 대한 것까지.

그 모든 게 한눈에 들어올 정도의 특이한 감각에 지악
천의 모든 것을 관조할 수 있게 됐다.

'아…….'

자신의 움직임에 맞춰서 반응하는 송옥자의 움직임이
하나하나 다 눈에 들어오고 있었다.

하지만 굳이 이미 움직인 경로를 바꾸려고 하지 않았
다.

송옥자가 보여주는 행동을 굳이 바꿀 필요성을 느끼
지 못했다는 게 더 정확했다.

이미 수차례 부딪히면서 그의 반응과 행동은 어느 정도 예측이 가능했다.

물론 그것이 확실하다고는 할 수 없지만, 지악천은 송옥자가 예상대로 움직일 것이란 걸 의심하지 않았다.

그리고 실제로 송옥자는 지악천이 예상한 방향으로 움직였다.

'와…….'

송옥자가 움직이는 방향에 맞춰 가볍게 격공장을 날렸다.

펑!

"크흡!"

지악천이 뿌려놓은 격공장이 시의 적절하게 터지면서 한순간에 송옥자의 움직임을 주춤하게 했다.

하지만 그 정도로는 송옥자를 제압할 수 있다곤 할 수 없었다.

지악천 역시 모르지 않기에 이번엔 격공지까지 날렸다.

송옥자가 뒤로 움직이면서 피할 만한 지점에 미리 날려둔 것이었다.

그리고 그것은 보기 좋게 성공했다.

방금 터진 격공장 때문에 지악천에게 이상함을 느낀 송옥자는 일단 거리를 벌리고 태세를 가다듬으려고 했다.

펑!

지악천에게 등을 보인 채로 물러설 수는 없는 노릇이기에 그대로 뒷걸음질로 물러나는 순간.

그의 등에서 예상 못 한 격공지가 터져버렸다.

마치 누군가가 기습을 했다고 생각해도 전혀 이상하지 않을 정도로 절묘한 상황이었다.

"끄억!"

불시에 일어난 상황에 몸이 앞으로 고꾸라지는 송옥자의 앞에는 그림자가 드리워져 있었다.

그리고 그가 자신의 앞에 그림자가 있다고 인지한 순간 그의 눈엔 뭔가 번쩍거렸다.

그 그림자의 주인은 당연하게도 지악천이었고, 송옥자의 눈에 번쩍거린 건 다름 아닌 지악천의 발길질이었다.

빠아아악!

"끄악!"

휘리리릭! 쿵!

지악천의 발은 고꾸라진 송옥자의 왼쪽 아래턱을 정확히 타격했다.

그 반동에 공중을 크게 한 바퀴 돌고 떨어진 그는 흡사 바닥에 짓눌린 개구리 같은 모양이었다.

그런 송옥자의 모습도 당장 지악천은 별로 관심이 없

었다.

지악천은 방금 자신에게 일어났던 현상을 떠올리고 있었다.

'방금 그건 뭐지?'

지악천은 한순간에 일어난 현상에 대해서 이해해보려고 애써봤지만, 그 현상을 이해할 수는 없었다.

그 한순간에 일어난 현상을 느끼고 싶었다.

마치 마약 중독자처럼.

뭐라 표현하기 힘든 황홀경에 살짝 발만 담갔다가 나온 느낌이라 더 그런 감정이 컸다.

한편 초라하게 쓰러졌던 송옥자는 떨리는 눈으로 지악천을 바라봤다.

'도대체 뭐야?!'

그로서는 방금 일어난 일을 전혀 이해할 수 없었다.

마치 자신이 어떻게 움직일지 다 알고 있다는 듯이 모든 상황이 너무나도 자연스럽게 이어졌다.

자신이 움직일 방향부터 자신의 속도와 반격 여부까지 모든 걸 지악천에게 읽혔다는 걸 도무지 이해할 수도 없었고 그걸 인정할 수도 없었다.

'설마 날 가지고 놀았던 건가?'

자신이 많은 이들에게 했던 걸 자연스럽게 떠올린 송옥자는 다시금 이를 악물며 지악천을 노려봤다.

그리고 아직 땅을 짚고 있는 손으로 슬쩍 바닥에 널린 흙을 쥐었다.

"크으으흡."

몸을 일으키는 그의 입에서 신음이 절로 흘러나왔다.

지악천의 발길질에 그대로 얼굴을 맞는 순간 목뼈가 살짝 틀어졌기 때문이었다.

두둑.

통증이 느껴지는 목뼈 부분을 잡고 그대로 힘을 주자, 어긋났던 뼈가 제자리로 돌아갔다.

그러면서 느껴지는 고통을 애써 무시했다.

지악천은 송옥자가 일어서든 말든 관심이 없었다.

아직도 직전의 그 감각을 되살리고자 할 뿐이었다.

그리고 그런 자신에게 관심 없는 지악천의 모습에 송옥자의 얼굴은 온통 분노로 범벅이 됐다.

"으아아아아아!"

송옥자는 그런 지악천의 모습에 일순간 이성의 끈이 끊어졌는지 괴성을 지르며 달려들었다.

분노로 벌겋게 달아오른 표정이 살벌한 느낌을 풍겼지만, 그 모습에 관심 없는 지악천에겐 아무런 소용 없었다.

샤샥!

송옥자가 빠르게 지악천을 향해서 매화검법으로 난도

질하듯이 검을 휘둘렀지만, 아무런 소용이 없었다.

지악천은 그가 자신의 제공권 안에 들어오는 것을 느끼고 이미 두 걸음 물러선 상태였다.

그렇게 물러난 상태임에도 여전히 지악천의 시선은 송옥자에게로 향해 있지 않았다.

지악천은 계속해서 그 감각을 떠올리기에 집중하고 있었지만, 계속해서 자신에게 검을 휘두르고 있는 송옥자의 존재가 거슬리기 시작했다.

자신을 향해서 계속해서 검을 휘두르는 송옥자를 향해서 손에 쥐고 있는 검을 들어올리는 동시에 불편한 심기를 내비치자, 그에 반응이라도 하듯이 냉기가 검에 모이기 시작했다.

쩌엉!

냉기가 모여든 검에 서리가 끼기 시작하더니 이내 검면 곳곳에 얼음이 생겨나길 반복했다.

송옥자는 이성을 거의 삼켜버린 분노 때문인지 지악천이 보여준 것에 대한 위험성을 전혀 감지하지 못했다.

지악천의 검에 담긴 힘은 엄청났다.

그것을 제대로 감지하지 못한 송옥자의 검과 그대로 부딪혔다.

쾅!!!! 쿵!

철퍼덕!

지악천과 송옥자의 검이 부딪히는 순간 지금까지와 다른 규모의 폭발이 일어났다.

송옥자의 신형이 그대로 폭발 속에서 튕겨 나와 바닥을 나뒹굴었다.

바닥에 나뒹군 송옥자의 몸에는 새하얀 서리가 곳곳에 맺혀 있었다.

그것만 봐도 지악천의 검에 담긴 냉기가 어느 수준인지 알 수 있었다.

"크으으윽!!"

쓰러졌던 송옥자는 손에 쥐고 있던 검을 지팡이 삼아서 부들부들 떨면서 몸을 일으켰다.

그런 그의 얼굴은 아까까지만 해도 분노하고 있던 감정이 고스란히 담겨 있던 얼굴이 아니었다.

이제는 완전히 낭패했다는 표정이었다.

'괴물 같은 놈⋯ 도대체 이런 놈에게⋯⋯.'

하다하다 송옥자는 이제 하늘을 원망했다.

"칵! 퉤!"

방금 받은 충격으로 인해서 내부가 흔들리면서 상했는지 그가 내뱉은 피에 살점이 딸려 나왔다.

'빌어먹을 너무 흥분했어.'

후회라는 감정은 언제나 늦은 후라는 것을 다시 한번

제대로 깨달았다.

 하지만 이젠 물러설 수 없기에 그가 할 수 있는 것은 단 하나뿐이었다.

 자신의 목숨을 걸고 지악천을 죽이거나 다시는 무공을 쓸 수 없게 만들어 버리는 것이었다.

 마치 자신이 가질 수 없다면 부숴버리겠다는 듯이.

 고오오오.

 "쿨럭!"

 전신에 퍼진 내공을 끌어올리는 과정 중에 내부를 자극해서 그런지 입 밖으로 피를 뱉어냈다.

 하지만 송옥자가 원하는 만큼의 내공은 모이지 않았다.

 그렇기에 그가 선택할 방법은 단 하나밖에 남지 않았다.

 선천진기.

 그에게 남은 수단은 이제 선천진기가 유일했다.

 크오오오오.

 목숨줄이나 다름없는 선천진기까지 끌어올리니 밖으로 드러나는 위압감이 대단했다.

 지악천 역시 갑작스럽게 증폭된 송옥자의 위압감에 절로 진지한 표정으로 바뀌었다.

 '지금까지 그냥 당한 건가?'

이런 생각을 할 정도로 지악천의 경험은 일천했다.

제대로 배운 이들이라면 지금 이게 선천기지를 끌어올린 것이라는 것을 단박에 알아차렸을 테니까 말이다.

그렇게 경계심을 끌어올린 지악천 역시 내공을 빠르게 끌어올리기 시작했다.

계속해서 밀려오는 송옥자의 위압감은 장난이 아니었기에 다소 서둘렀다.

"……."

단전에 깃든 내공을 전부 끌어올리자 묘한 탈력감을 느꼈지만, 이내 빠르게 화기와 냉기가 그 자리를 채우기 시작했다.

화기와 냉기는 지악천의 의사를 따르긴 하지만, 그래도 마치 자유의사가 있다는 듯이 내공이 빠져나간 자리를 채우며 자리 잡았다.

그것은 빠르게 또 다른 내공으로 변환되기 시작했다.

물론 그것은 당장 앞에 있는 송옥자에게 집중하고 있는 지악천이 인지하지 못하고 있던 일이었다.

자신의 내공을 전부 끌어올렸다고 생각한 지악천이 먼저 움직였다.

충만하다 못해 넘치는 수준의 내공을 기반으로 펼치는 무영흔(無影痕)은 지악천과 쭉 싸워왔던 송옥자의 예상을 뛰어넘었다.

핏!

단 한 번 땅을 디뎠을 뿐인데 지악천의 신형은 이미 사라졌다.

이전처럼 송옥자의 눈에도 보이지 않을 정도로 정말 말 그대로 사라진 것처럼 보였다.

그렇게 사라진 지악천의 신형이 아닌 검이 송옥자의 머리 위에서 모습을 드러냈다.

자신의 머리 위에 떨어져 내리는 검을 본 송옥자가 검으로 막아내기보다는 서둘러 장력을 방출하는 것으로 맞섰다.

펑!!!

송옥자의 판단은 옳았다.

만약 검으로 막아내려고 했다면 지악천의 공세에 계속해서 밀리며 선천진기를 낭비할 뻔했지만, 장력을 방출하면서 밀어내자 반격할 시간까지 벌 수 있었다.

콰직!

반격하기 위해서 검을 움직이려는 순간 밀려났던 지악천의 신형이 어느새 송옥자의 좌측면서 나타나면서 그의 왼팔 팔꿈치를 박살냈다.

본래 잘라내려고 했지만 송옥자에게서 뿜어져 나오는 선천진기가 그것을 막아낸 탓이었다.

"끄아아아아아악!"

괴성과 동시에 검을 휘두르며 지악천을 밀어낸 송옥자의 안색은 파리해졌다.

지악천으로선 성과가 없지 않았다.

잘라내지 못했을 뿐이지 실질적으로 팔을 쓰지 못하는 것은 같았다.

덜렁덜렁.

투두둑!!!

"…크아아아아아아!!!"

팔꿈치가 부러져 덜렁거리는 자신의 왼팔을 본 송옥자가 그대로 괴성을 지르며 검을 역수로 잡는 동시에 빠르게 점혈을 한 후에 그대로 역수로 쥔 검을 그대로 들어올렸다.

샥! 투욱.

역수로 쥔 검에 잘린 팔이 바닥에 떨어지면서 피를 뿜으며 펄떡거리기 시작했지만, 송옥자의 시선은 지악천에게만 향해 있었다.

어차피 선천진기까지 끌어올린 마당에 팔 하나 따위가 아깝다고 할 수 있는 상황이 아니었다.

물론 팔을 잘라냄으로써 평소의 체중 이동보다 다소 어색할 순 있지만, 지금은 그런 부분까지 세세하게 신경 쓸 상황은 아니었다.

그렇게 팔을 잘라낸 송옥자를 지악천의 표정은 역시나 달라질 게 없었다.

어차피 자신이 잘라내려고 했던 팔인데 신경 쓴다면 그게 더 이상한 일일 테니까.

오히려 자신의 팔을 잘라낸 송옥자의 결의가 더욱 크게 느껴질 뿐이었고 그로써 지악천은 더욱더 집중력을 끌어올릴 뿐이었다.

상대가 자신을 죽이기 위해서 팔까지 포기하는데 겁먹고 있을 시간 따윈 필요 없었다.

송옥자가 자신을 죽이고 싶어 하는 만큼 지악천 역시 그의 목숨을 끊어야 했으니까.

그런 둘의 짧은 대치는 송옥자의 움직임에 끝났다.

발뒤꿈치를 살짝 들어올리는 순간 앞으로 마치 활시위처럼 튀어나가는 궁신탄영(弓身彈影)을 선보인 송옥자의 신형과 함께 움직이는 그의 검이 지악천을 향해서 날아들었다.

쾅!

당연히 그것에 당하고 있을 지악천이 아니었다.

곧장 앞으로 나가서 검을 휘둘러 막아내는 것으로 대응했다.

그러자 곧바로 송옥자의 신형이 오른쪽으로 기울어지는 동시에 지악천의 볼과 광대에 송옥자의 발등이 그대로 맞닿았다.

쾅!

"컥!"

송옥자는 사량발천근의 묘리를 이용했다.

즉, 지악천의 힘을 이용했다는 뜻이었다.

그렇게 크게 허리가 꺾일 정도의 충격을 받은 지악천은 그대로 뒤로 두어 걸음 물러섰다가 꺾인 허리를 펴며 발등에 맞은 얼굴을 손으로 어루만졌다.

발이 닿기 직전에 잔뜩 끌어올려뒀던 내기를 얼굴에 집중했지만, 그것은 송옥자가 휘두른 발 역시 마찬가지였다.

마치 어린 시절에 어른의 주먹에 맞았을 때의 충격과 흡사했다.

"와 씨……."

'조금만 늦었어도 정신을 놓을 뻔했네.'

그대로 정신을 잃어도 이상하지 않을 정도의 충격이라고 할 수 있었다.

지악천에겐 행운이 따랐다고 할 수 있지만, 반대인 송옥자에겐 불행이나 다름없었다.

목숨을 걸고 선천진기까지 끌어올렸기에 지금 지악천이 기절했다면 최소한 자기 목숨은 보전했을 테니까.

송옥자로선 겨우 두어 걸음을 물러선 것에 불과한 지

악천의 모습에 불쾌감을 거침없이 드러냈다.

하지만 아직 정신을 덜 차린 지악천을 몰아붙이는 게 더 이득인 송옥자가 팔꿈치 밑으로 사라진 왼팔을 움직이며 날아들었다.

쾅! 쾅! 쾅!

둘의 검이 부딪힐 때마다 둘의 사이에 있는 땅거죽이 뒤집히기를 반복하며 주변을 초토화하고 있었지만, 둘은 그런 것에 신경 쓸 틈 따윈 없었다.

하지만 이 싸움은 이미 지악천이 유리할 수밖에 없는 싸움이었다.

송옥자가 평생 외팔이로 살아온 것도 아니었고 더군다나 그는 선천진기까지 끌어다 쓰고 있기에 시간이 흐르면 흐를수록 지악천이 유리할 수밖에 없었다.

지악천은 송옥자와 다르게 어지간해서 마르지 않는 샘을 가진 셈이기도 했으니까 말이다.

송옥자는 목숨을 걸고, 지악천은 본인이 인지하고 있는 모든 것을 쓰고 있는 셈이었으니까.

쾅쾅쾅! 꽈아앙!

숨어 있던 그 자리에서 계속해서 둘의 싸움을 지켜보고 있던 강성중은 송옥자가 선천진기를 끌어올려서 지악천을 상대하고 있다는 사실을 깨달을 수 있었다.

어찌 보면 지금에서라는 말보다 너무 늦게 알아차렸다는 말이 더 어울렸다.

'미친··· 적당히 하고 도망칠 줄 알았더니 목숨을 걸어? 도대체 왜?'

강성중은 송옥자의 생각을 이해할 수 없었다.

굳이 부러진 팔을 스스로 잘라내면서까지 저럴 필요가 있을까? 싶었다.

그것은 송옥자의 욕망이 담겨 있기도 했지만, 송옥자를 가르친 그의 사부가 문제이기도 했다.

송옥자의 사부는 무림에 이름을 날린 순간부터 평생을 같은 도가 계열인 무당파인 무왕인 현도진인과 비교당하며 살아왔기 때문이었다.

그런 사부 곁에서 자랐기에 송옥자는 욕망을 조금씩 키워갔던 게 지금의 그가 된 것이었다.

거기다 결정적인 것은 송옥자의 사부가 말했던 천기산인 화문강이 가장 결정적이기도 했다.

알려지지 않은 천하제일인.

천기산인의 온갖 기행을 자신의 사부에게 전해 들었기에 송옥자는 구태여 화산의 무공에만 얽매이지 않았다.

그런 그가 그 욕망과 욕심의 끝이자, 정점인 지악천을 만났다.

자신이 가지지 못한다면 누구도 가질 수 없게 만들고 싶었다.

더 나아가서 지악천이든 뭐든 자신이 가지지 못한 것을 타인이 소유하는 모습을 보기 싫었을 수도 있었다.

송옥자의 공세는 멀리서 지켜보는 강성중의 눈엔 몸부림치는 것으로밖에 보이지 않았다.

한쪽 팔을 잃는 그 순간부터 강성중은 송옥자가 이길 확률은 없다고 확신했고 그 확신은 지금도 유효했다.

물론 팔을 잃고 첫 공방은 거의 비등했지만, 시간이 지날수록 선천진기가 줄어들기에 격차가 조금씩 조금씩 벌어지는 중이었다.

물론 잘라내 버린 왼팔의 부재도 전혀 영향이 없다고 할 순 없지만, 시간이 지날수록 줄어드는 선천진기보다는 그 영향력이 미비하다고 할 수 있었다.

결과적으로 말하자면 영향력을 10으로 두고 송옥자의 선천진기가 8이라면 왼팔은 1이고 마지막으로 지악천의 적응력이 나머지 1에 해당했다.

한 수 한 수가 동귀어진에 가까운 수준임에도 지악천은 그것에 잘 대응하고 점차 적응해나가고 있었다.

강성중이 지켜보는 가운데 그 차이가 조금씩 드러나기 시작한 것이다.

터엉!

지악천의 가슴팍을 노리고 찔러 들어오는 송옥자의 검을 지악천이 아래서 위로 반원형을 그리며 올려쳤다.

지악천이 그대로 무방비인 그를 향해서 손을 뻗고 있었다.

쾅!!!

멀리서 지켜보는 강성중의 청각을 크게 자극할 정도로 굉음이 터지는 순간 송옥자의 신형이 날아가다가 바닥에 꽂히는 광경이 눈에 들어왔다.

'미쳤군.'

강성중의 표현은 지악천이 아닌 송옥자를 향한 반응이었다.

바닥에 꽂혔던 송옥자가 언제 그랬냐는 듯이 순식간에 지악천의 앞에 나타나 검을 휘두르고 있었다.

정말 강성중의 표현대로 미친 듯이.

"아악! 죽어! 죽어!! 죽어버려!!!"

쾅쾅!

몽둥이 휘두르듯이 내려치는 송옥자의 검을 지악천은 묵묵히 막아낼 뿐이었다.

마치 붓으로 그림을 그리듯이 지악천의 검이 유려한 움직임을 선보이며 막아내는 모습에 강성중은 감탄을 뱉어낼 수밖에 없었다.

'저 정도였다고?'

자신들을 상대할 때 검을 쓰지 않았기에 지악천의 검술이 얼마나 발전했는지 알지 못했는데 지금 와서 보니 가장 발전한 것은 권장지각(拳掌指脚)이 아닌 검술이라는 걸 알 수 있었다.

'하…….'

사실 지금 와서 다시금 떠올린 것이었지만, 지악천의 주 무공의 주체는 분명 검이었다.

그런데도 지금까지는 결정적인 순간을 제외하고선 대부분 권장지각으로 상대할 때가 많았다.

일전에 암상도 그랬고 흑연을 상대할 때도 굳이 필요하지 않는다면 검을 쓰지 않았기에 오히려 그런 생각을 하지 않게 되긴 했다.

마치 겉멋이 잔뜩 든 아이가 무기를 차고 다니는 듯한 느낌과 비슷하다고 할 수 있었다.

바로 지금처럼.

텅! 퍼억!

공세를 한참을 막아내던 지악천은 한순간의 빈틈을 놓치지 않고 왼발을 앞으로 내딛는 순간에 왼 주먹으로 송옥자의 옆구리를 그대로 뚫어버릴 듯이 파고들어갔다.

그의 왼팔이 멀쩡했다면 절대 생기지 않았을 빈틈이

었지만, 지악천이 고의로 송옥자의 시선을 속이기 위해서 꾸준하게 덫을 파고 몰아넣었던 것이 컸다.

"커억!"

내기가 잔뜩 실린 묵직한 지악천의 주먹이 그의 옆구리를 파고들었다가 빠져나왔다.

송옥자의 얼굴은 잔뜩 일그러졌다.

안 그래도 미친 듯이 몰아붙이고 있다고 생각해서 호흡마저 흐트러지는 걸 감수하고 있던 상황에 예상치 못한 반격을 당한 송옥자의 숨은 빠르게 턱밑까지 막혀왔다.

복부의 충격 때문에 순간적으로 숨이 턱밑까지 올라온 상황이지만, 내쉴 수가 없었다.

만약 여기서 숨을 쉬려고 한다면 더 큰 틈이 생긴다는 걸 너무나도 잘 알았다.

얼굴색이 파래졌다가 하얘지길 반복됐지만 송옥자는 여기서 검을 차마 거둘 수가 없었다.

하지만 그것 역시 최악이 아닌 선택일 뿐이었다.

샥, 샥.

아무리 초절정 고수에다가 선천진기를 끌어다 쓰고 있다곤 하지만 기본적으로 무호흡으로 싸운다는 건 불가능하다고 봐야 했다.

지악천 역시 같은 상황이라면 몰라도 말이다.

그러한 송옥자의 모습에 지악천은 가볍게 미소를 지으며 그가 휘두르는 검을 검으로 막아내지 않고 상체를 크게 움직이면서 피해냈다.

그를 자극하기 위해서였다.

지악천이 큰 동작으로 피할수록 송옥자는 더더욱 물러설 수 없었다.

'크흡!'

하지만 그런 송옥자의 의지와는 달리 그의 손은 눈에 띄게 느려지기 시작했다.

송옥자는 점차 자신의 의지대로 팔이 따라오지 못한다는 걸 인지했지만, 이미 너무 멀리 와버렸다.

"푸하!!!"

이미 보라색에 가까울 정도로 변했던 송옥자의 얼굴색이 계속해서 눌러 담았던 숨을 내뱉은 순간 빠르게 정상으로 돌아가기 시작했다.

하지만 이미 그 순간을 기다리고 있던 지악천의 검이 오른쪽 아래를 기점으로 왼쪽 위를 향해서 사선을 그렸다.

촤아악!

'얕았나?'

지악천은 최대한 팔을 뻗었지만, 검을 타고 뼈를 가르는 특유의 감각이 느껴지지 않았기에 노림수가 제대로 통하지 않았다는 것을 직감했다.

그렇다고 성과가 전혀 없진 않았다.

송옥자의 오른쪽 하복부부터 왼쪽 어깨까지 지악천의 검이 얕지도 깊지도 않은 어중간한 상처를 냈기에 많은 피가 흘러나오기 시작했다.

"크허헙!"

숨은 쉬어야 하지, 숨을 때마다 사선으로 베인 곳에서 피가 흘러나왔다.

송옥자에게 이런 고충은 처음이었다.

사실 지악천과 싸우기 시작하면 이제껏 겪어보지 못한 경험을 경험하는 중이었다.

가쁜 숨을 안 쉴 수도 없는 노릇이고 숨을 쉬자니 피가 흘러나오고 점혈을 해보려고 하면 지악천이 가만있을 것 같지 않기에 그의 눈치까지 봐야 했다.

삼중고에 시달리지 않을 수가 없었다.

이 자리에서 당장 송옥자가 마음대로 할 수 있는 일은 숨 쉬는 일이 전부였다.

호흡이 안정돼야 뭐라도 할 텐데 극한까지 참았던 숨은 아직도 한없이 부족했다.

쾅!

송옥자의 호흡이 진정되기도 전에 계속해서 눈치 보던 지악천의 장력이 흙바닥을 때렸고 사방에 흙이 흩날렸다.

송옥자는 호흡을 멈추고 집중해야 했지만, 아직 진정되지 않은 호흡이기에 한계가 명백했다.

'큽!'

물론 이전보다야 훨씬 낫다지만 그건 어디까지나 바로 직전보다 조금 나은 수준일 뿐이었다.

그렇게 송옥자가 긴장감을 끌어올리는 와중에 그의 앞에서 뭔가가 터지듯이 폭발했다.

우우웅! 콰아앙!

그 폭발의 원인은 지악천의 격공장이었다.

지악천에게만 신경 쓰고 있던 송옥자는 불시에 일어난 폭발에 아무런 대비를 하지 못한 채로 그대로 휩쓸려버릴 수밖에 없었다.

쾅! 쿠웅!

"커허어억!"

폭발을 아무런 방비도 하지 못한 채로 그대로 노출되어 휩쓸린 송옥자는 뒤로 날아가며 자신보다 두꺼운 나무에 부딪혔다.

송옥자가 계속해서 목구멍에서 끌어 오르던 피를 토해냈다.

거기다 밀려나가는 와중에 부딪힌 충격이 송옥자의 전신에 울렸다.

격공장이 터지는 와중에 입은 충격과 나무에 부딪히면서 사선으로 베인 상처까지 더 크게 벌어졌다.

이제는 숨을 쉰다고 피가 흐르는 수준을 아득히 넘어버렸다.

상처가 벌어지면서 언뜻 새하얀 갈비뼈가 보일 정도였다.

하지만 거기서 멈출 생각이 없는 지악천은 어느새 그를 향해서 검을 휘두르고 있었다.

* * *

"이런 놈을 놓치면 쓰나."

말과 함께 모습을 드러낸 이는 돌아온다고 했던 제갈수였다.

뒷짐까지 진 상태로 여유로운 동작으로 땅에 내려선 제갈수의 등장에 제갈청하의 눈이 커졌다.

"숙부님!"

너무나도 반기는 제갈청하의 모습에 제갈수는 가볍게 미소 지었다.

"근데 이놈은 누구더냐? 꼴을 보아하니 정파는 아닌 거 같던데."

제갈수의 물음에 답한 건 후포성이었다.

"사파 100대 고수에 이름을 올리고 있는 섬전수 화진성입니다."

"100대 고수? 흠, 그렇군. 그래, 들어본 것 같군. 그건 그렇고 대체 무슨 일이더냐? 객잔도 엉망이고 저쪽도 꽤 소란스럽던데."

제갈수가 가리킨 곳은 지악천과 송옥자가 있는 방향이었다.

하지만 그런 것치곤 그다지 신경 쓰지 않는 듯한 둘의 표정에 궁금해졌다.

"표정을 보아하니 둘은 저쪽에서 무슨 일이 벌어지고 있는지 알고 있는 모양이구나."

"예. 뭐, 저희 포두님이 열심히 누군가와 싸우고 있겠죠. 아니면 가지고 놀고 있든가."

너무나도 담담한 표정으로 말하는 후포성을 보며 제갈수는 의아할 수밖에 없었다.

"자넨, 걱정도 안 되는가?"

"아이고… 누가 누굴 걱정한답니까. 전 저 자신을 챙기기도 바쁩니다."

후포성의 곡소리에 가까운 말에 제갈수의 시선은 자연스럽게 제갈청하를 향했지만, 그녀 역시 그 말에 동의한다는 듯한 표정이었다.

제갈청하의 예상 밖의 반응에 제갈수는 살짝 당황스

러웠다.

"허⋯⋯."

물론 제갈수는 앞서 무왕에게서 지악천이 화경에 근접한 수준이라고 듣긴 했다.

그러나 몸소 체감하진 못했기에 비록 무왕의 말이라도 마냥 믿을 순 없었다.

기본적으로 강함에는 여러 가지 변수들이 존재하는 법이었기에.

제갈수는 강함이 그저 경지가 높고 내공이 많다고 강한 게 아니고 싸울 줄 알아야 강하다고 생각하는 이였다.

그런데 저 둘의 표정을 보아하니 지악천의 강함은 자신의 예상보다 앞서간다는 걸 느낄 수 있었다.

"⋯아무튼, 자넨 놈을 제압해두게나. 혹시 모르니 가봐야 하지 않겠나."

제갈수의 말에 제갈청하와 후포성은 그다지 내켜 하지 않았지만 이내 고갤 끄덕였다.

결국 제갈수의 말대로 후포성이 기절한 화진성의 마혈과 아혈 그리고 단전까지 사용하지 못하게 한 뒤에 그를 어깨에 짊어졌다.

"가시죠."

후포성의 말에 제갈수가 먼저 움직였고 그 뒤를 제갈

청하와 후포성이 차례로 따라나섰다.

그렇게 성을 가로지르지 않고 빙 둘러 가는 셋 중 제갈수의 표정은 그다지 좋아 보이지 않았다.

그가 자릴 비웠던 이유가 왠지 지금 벌어지는 일과 관련이 있을 듯했기 때문이었다.

거기다 이들과 함께하지 않았던 강성중의 존재도 마음에 걸렸다.

'진짜 해코지를 하려 한다는 건가.'

제갈수가 떠올린 이는 다름 아닌 송옥자였다.

본래 그는 지악천에게 부탁을 받고 수련 중인 구지신개를 만난 후에 본가에 들렀다가 송옥자가 뭔가 일을 벌이고 있을지도 모른다는 말을 전해 듣고서 곧장 달려왔다.

제갈세가에는 딱히 송옥자와 공식적인 친분이 있는 이들이 없지만, 제갈수는 어쩔 수 없이 세가의 다른 이들보다 자주 봐야 했던 이들 중 하나였기에 세가 내부에선 누구보다 그에 대해서 알고 있다고 생각했었다.

제갈수가 판단한 송옥자는 적당히 급진적인 면도 없지 않지만, 극히 보수적인 보통의 정파인이라고 봤기에 충격이 이만저만이 아니었다.

물론 이전부터 알음알음 퍼졌던 송옥자에 대한 소문역시 과장된 측면이 없지 않다고도 생각했다.

그렇게 세가에서 모르는 사실을 알고 있는 제갈수로선 더욱 심란할 수밖에 없었다.

천기산인의 유지를 이어받았다고 사실상 인정된 지악천을 어째서 송옥자가 노린다는 것인지 그 부분을 이해할 수 없었다.

자신이 알기론 송옥자의 사부 역시 화문강에게 큰 빚을 진 사람이었다고 알고 있었는데 말이다.

처음 세가에서 송옥자가 지악천을 노릴 수도 있다는 말에 그가 지악천을 시험하려고 하는 것이 아닌가 싶었는데.

마음 한구석에 피어오르는 불안감에 이렇게 빨리 와 보니 조카가 누군가가 싸우고 있었고 때마침 놈이 도망치는 걸 볼 수 있었다.

'하아… 골치 아프군. 송옥자가 아니길 빌어야 하나?'

그렇게 생각하며 움직이던 제갈수가 갑자기 멈춰 섰다.

그리고 그런 제갈수를 뒤따라오던 제갈청하와 후포성 역시 멈춰 섰다.

"…둘은 그냥 돌아가 보도록. 나 혼자 가볼 테니."

갑작스러운 제갈수의 말에 둘은 의문이 머릿속에 맴돌았지만 그의 말투가 워낙 진중했기에 굳이 입안에 맴도는 질문을 꺼내지 않았다.

"알겠습니다. 숙부님. 돌아가죠."

제갈수의 말이 장난이라는 것이 아니라는 걸 잘 아는 제갈청하가 먼저 나서서 말하자 후포성은 길게 생각하지 않았다.

"그럼, 먼저 돌아가 보겠습니다. 저희 포두님을 잘 부탁드립니다."

그렇게 제갈청하와 화진성을 짊어진 후포성이 성벽을 넘어 안으로 들어가는 걸 확인한 제갈수는 천천히 앞으로 나아가기 시작했다.

'지금 내가 보고 있는 게 진짜란 말인가?'

앞서 돌아간 제갈청하와 후포성은 제갈수가 본 것을 보질 못했지만, 그들보다 앞에 섰기에 그는 똑똑히 볼 수 있었다.

뒷모습만 보이지만, 손에 들고 있는 검을 보고서 그가 지악천이라는 것을 알 수 있었다.

그리고 그 앞에 힘없이 주저앉아 있는 엉망이 된 이가 그의 눈에 들어왔다.

하지만 더 접근하려고 하는 순간 그의 귀에 들리는 전음을 듣고 멈춰 섰다.

―죄송하지만, 거기서 멈추셔야겠습니다. 제갈수 장로님.

그 전음을 날린 것은 계속해서 지켜보고 있었던 강성

중이었다.

들려오는 전음에 강성중의 위치를 찾으려고 하던 제갈수의 의도를 알기라도 한다는 듯이 강성중이 그의 뒤에서 모습을 드러냈다.

"생각보다 빨리 오셨군요."

강성중의 말에 제갈수가 돌아서서 물었다.

"……왜지?"

그 물음에는 많은 뜻이 담겨 있었지만, 강성중은 살짝 너스레를 떨었다.

"예? 왜라니요?"

"무슨 말인지 알지 않나."

"뭐, 제갈세가 분이시기도 하지만. 제 신분도 아시지 않습니까."

말할 수 없다는 말을 돌려 말하는 말에도 제갈수의 표정은 변하지 않았다.

"가주님께 들어서 알고 있네. 송옥자가 지 포두를 노린다는 말이 있었다지."

"어음… 어디까지 알고 계십니까? 알고 계신 선에서 알려드리겠습니다. 이건 저희 쪽 문제이기도 한 일입니다."

"나는 내 사적인 문제가 엮여 있을 수 있네. 그 역시 자네에게 말하기 어려운 것이지. 이 자리에 무림맹의 군사이신 제갈문 형님이 있어도 말이야."

밝히기 어렵다는 말에 강성중은 손가락으로 볼을 한 번 긁적였다.

"그렇습니까… 뭐, 상황이 이렇게 된 거 어차피 밝혀질 일이겠지요. 공식적으로 발표가 되기 전까지 함구하신다고 약조하신다면 제가 아는 선에서 말하겠습니다."

"그렇게 하지. 내 개인의 명예를 걸고."

너무나도 진지한 표정으로 말하니 강성중이 고개를 끄덕이며 말하기 시작했다.

"혹시 이전까지 송옥자의 행적이나 기행에 관해서 돌았던 소문에 대해서 알고 계십니까?"

"소문?"

"예. 송옥자에 관한 소문은 그리 많지 않으니 관심이 있다면 알고 계시지 않을까 싶습니다만."

"설마… 그 이상한 모함을 두고 하는 말인가?"

"아시긴 하는 모양이군요. 그렇다면 얘기가 길어지진 않겠군요."

강성중은 정말 다행이라는 표정으로 말하기 시작했다.

"그에 대해서 모든 소문이 진실이라고 할 순 없지만, 굵직굵직한 소문들은 다 진실입니다. 그가 아무 이유없이 사람을 죽였고 그런 기행이 한두 번이 아니라는 겁니다. 물론 그 소문대로 그 대상이 인지도가 높지 않은 이들이 대부분이었습니다. 그래서 소문의 파급력이 떨어졌습니다. 물증도 없고 신빙성도 높지 않았습니다. 다만…….”

“다만? 뭔가가 있었다는 말인가?”

“예. 본래 이 역시 심증만 저희끼리만 알고 있던 이야기였습니다만, 오늘 제 눈으로 확인했습니다. 혹시 대략 5년 전쯤에 일검(一劍) 하공소의 전인이라는 이가 나타났던 것을 기억하십니까?”

강성중의 물음에 제갈수는 천천히 고갤 끄덕였다.

“알지. 나름대로 당시에 떠들썩했지 않은가.”

“그렇다면 그가 실종된 후에 주검으로 발견됐다는 것 역시 기억하시겠군요.”

“알고 있네. 하지만, 비무행을 하던 이들이 죽는 건 흔한 일 아닌가.”

“그런데 어째서 죽은 하공소의 전인이 쓰던 무공을 송옥자가 쓰고 있을 수 있겠습니까?”

“뭐? 잘못 본 게 아닌가?”

“분명 봤습니다. 그건 당시에 일검(一劍) 불리던 하공소의 무극검해(無極劍解)였습니다. 당시에 무당의 태극검해와 유사하다고 해서 논란도 많았던 무공이니 많이들 알지 않습니까."

"그렇지… 당시에 스스로 태극검해를 베끼지 않았다고 증명하기 위해서 많은 이들을 초빙해서 태극검해와 다르다는 걸 스스로 증명했으니까."

"그리고 그는 무림을 떠났지요. 당시에 스스로 증명하기 전까지 거짓말쟁이로 몰려 그 어떤 제자도 들이지 못한 상태로 말입니다."

"그렇지. 그 뒤로 세월이 꽤 오래 지났으니까."

"그런데 단 한 명의 전인만 알고 있을 무극검해를 송옥자가 펼칠 수 있겠습니까. 그것도 죽은 이의 무공을."

"……."

제갈수는 강성중의 말을 믿지 않을 수 없었다.

강성중의 소속을 알기에 더더욱.

또한, 그가 그것을 가지고 거짓말을 할 이유는 더더욱 없었다.

"확신하나?"

"예. 송옥자는 분명 무극검해를 펼쳤습니다. 그리고 무극검해와 화산파 검법을 못 알아볼 정도로 멍청하진 않습니다. 차라리 송옥자가 태극검해를 익혔고 제가 태극검해를 무극검해라고 착각했다면 몰라도 말입니다."

"…알겠네."

강성중의 말에 제갈수가 답하는 순간 지악천과 송옥자가 있는 방향에서 폭음이 울렸다.

콰콰쾅!!!

그 폭음을 들은 제갈수의 표정은 어느새 담담해졌다.

"대단하군."

"대단하죠. 그런데 실제로 겪어보면 치가 떨리실 겁니다."

강성중의 말투와 표정은 조금 전에 봤던 제갈청하와 후포성의 것과 닮아 있었다.

'그렇군. 셋 다 대련을 같이했었지.'

"자네 입에서 치가 떨린다는 말을 할 정도라면 그렇겠군."

"예. 그렇지요. 그럼 이만 가실까요?"

그 말은 슬슬 상황이 정리되고 있는 저곳으로 가잔 말이었다.

"그러지."

한편 지악천은 선천진기를 대부분 소모해서 그렇지 새까만 흑발에서 백발로 거의 변해버린 송옥자를 바라보고 있었다.

"왜 날 죽이려고 했지?"

서로의 목숨을 노린 상황이니 존대가 나올 리가 없었다.

지악천 108

"크헙… 왜 죽이려고 했냐라… 커헙! 부러우니까. 너희 같은 녀석들이 쿨럭! 가질 만한……   !"

말을 제대로 하고 싶었지만, 계속해서 목구멍에서 올라오는 핏물 때문에 힘들었다.

하지만 대충 그것만 들어도 무슨 말인지는 충분히 알아들을 수 있었다.

"부럽다라……."

부럽다는 송옥자의 말에 지악천은 어이가 없는지 고갤 흔들었다.

"커헙! 네놈, 같이… 하, 하찮은 놈에게 커헉! 그런 힘을 어째서……."

하고 싶은 말이 많았는지 피를 토해내는 중간에도 계속해서 말을 하려고 했지만 쉽지 않아 보였다.

"끝까지 마음에 들지 않는 인간이군. 하지만 한편으로는 고맙게 생각한다. 당신 덕분에 길을 보게 된 거 같거든."

"쿨럭!"

지악천의 말에 송옥자는 입에 가득 찬 피 때문에 말을 하지 못하고 그저 공허한 시선으로 바라볼 뿐이었다.

"훼방꾼들이 오는 모양이네."

지악천은 처음엔 몰랐지만, 한창 싸우기 시작하면서 강성중이 지켜보고 있다는 사실을 깨달았다.

그리고 그가 뒤늦게 합류한 제갈수와 함께 오고 있다는 걸 인지하고 있었다.

지악천의 말을 들은 송옥자는 그제야 시선을 돌려 지악천의 뒤쪽에서 다가오는 두 인영을 발견할 수 있었다.

'재수가 없었던 걸까? 아니면 내가 저지른 벌을 하늘이……'

뭔가 허탈한 듯한 표정을 한 송옥자를 본 지악천이 일갈했다.

"설마 막 한탄하거나 그러는 건 아니겠지? 그냥 이게 하늘이 정해준 당신 운명인 거야."

주르륵.

입안에 있는 피를 흘려낸 송옥자가 입을 뗐다.

"죽여라. 흔적도 없이."

"……."

송옥자의 말은 짧았지만 그 짧은 말 한마디에 이제까지와는 다른 기백 같은 것이 느껴졌다.

사실 묻고 싶은 것이 없다고 할 순 없었다.

그러나 표정을 보아하니 묻는다고 말할 것 같지도 않아 보였다.

파사사삭!

지악천의 왼손에 새하얀 서리가 생겨나기 시작했다.

지악천

그것은 지악천이 왼손에 냉기를 가득 끌어올리고 있다는 방증이었다.

"악연이라면 몰라도 사실 당신과는 일면부지한 사이니까 그 정도는 들어주지."

그 말을 끝으로 송옥자는 눈을 감았다.

자신의 전신을 타고 흐르는 그야말로 무지막지한 냉기를 느끼면서 자신의 마지막 회한(悔恨)이라도 되새기는 듯했다.

그리고 한편으로는 지악천에게 고맙기도 했다.

마지막에 자신의 부탁을 들어준 셈이니까.

그렇게 완전히 꽝꽝 얼려버린 송옥자를 향해서 냉기를 거둬들이고 바로 내기를 집중시킨 장력을 방출했다.

펑! 후두둑.

꽝꽝 얼려진 송옥자의 육신을 향한 장력이 그를 두드리기 무섭게 그의 몸이 조각조각 파편화가 되어 사방으로 퍼져나갔다.

그리고 그 모습에 당혹감을 드러내며 제갈수와 강성중이 서둘러 달려왔다.

"아니… 왜 그랬나?"

"본인이 원했습니다. 그렇게 죽고 싶다고 말이죠."

지악천은 제갈수의 물음에 숨김없이 답했다.

사실인 걸 어찌하겠는가.

"그렇다면 그가 따로 뭔가 한 말이라도 있는가?"

"말이라… 부럽다고 하더군요. 너희 같은 놈이 이런 힘을 갖게 됐는지 궁금해 하면서 말이죠. 아, 하늘도 원망하는 것 같더군요."

역시나 숨길 필요가 없는 말을 듣던 제갈수의 얼굴이 한순간 찌푸려졌다.

"너희? 그가 너희라고 했나?"

되묻는 말에 지악천은 담담하게 끄덕거렸다.

"예. 분명 너희라고 했습니다."

그 말에 제갈수의 시선은 자연스럽게 강성중을 향했다.

그런 제갈수의 시선에 강성중은 작게 고갤 끄덕였다.

마치 앞서 자신이 했던 이야기가 틀림없다는 듯이 살짝 의기양양한 표정으로.

그런 강성중을 보며 다시 고갤 돌린 제갈수가 지악천에게 물었다.

"알겠네. 그렇다면 혹시 차후에 문제가 생기지 않게 송옥자의 검은 내가 챙겨놓도록 하겠네. 그래도 괜찮겠나?"

제갈수가 조심스러운 이유는 엄연한 승자의 전리품이면서도 패자의 유품이기도 하기 때문이었다.

하지만 지악천은 그런 것에 그다지 관심이 없기도 했고 잘 알지도 못했다.

"뭐, 그러시죠. 전 어차피 이것도 있으니까요. 그리고 죽은 사람 물건을 쓰는 것도 찝찝하니 상관없습니다."

─아, 전해줬습니까?

말을 하는 와중에 지악천이 제갈수에게 전음을 날려 물어봤다.

앞서 말하는 것과 전음의 답으로 제갈수가 작게 고개를 끄덕였다.

─둘 다 잘 전해줬네. 구지신개가 고마워하더군.

고마워하는 구지신개의 모습이 머릿속에 떠오른 지악천이 살짝 콧등을 찡그렸다.

"아무튼, 저자의 검을 챙겨 가시는 거면 끝인 겁니까?"

"뭐. 일단은 그렇네. 일단 나는 다시 세가로 가봐야겠군. 일 처리를 하려면 그쪽에 맡겨야 하니."

일 처리를 맡긴다는 말을 지악천은 제대로 이해하지 못했지만, 사실 아무래도 상관없었다.

"알겠습니다."

지악천의 말이 끝나기 무섭게 그를 지나쳐간 제갈수가 바로 바닥에 떨어진 송옥자의 검과 다른 곳에 널브러진 검집을 챙겼다.

"아, 청하에겐 다시 세가에 들러야 한다고만 전해주
게. 그리고 자네가 누구와 싸웠는지는 그 애들에겐 말
하지 말아 주게나. 음… 내가 대표할 수 없는 처지긴 하
지만, 이 자리에 있는 정파인으로서 이번 일은 정말 미
안하게 생각한다네."

─그리고 내가 두 어르신을 대신할 순 없겠지만, 미안
하네.

"괜찮습니다. 딱히 어디 다치거나 하지도 않았고 오
히려 얻은 것도 적잖으니까."

지악천의 말을 이해한 제갈수가 가볍게 고갤 끄덕이
며 바로 자릴 떴다.

제갈수는 사실 송옥자가 지악천에게 별다른 타격도
주지 못한 채로 죽었다는 사실에 적잖은 충격을 받았
다.

하지만 제갈수는 그 충격조차 떠올리지 못할 정도로
이제까지 송옥자가 벌인 짓을 감출지 공표할지 머릴 싸
매고 고민할 시간이 필요했다.

第三十八章—무왕과 신승 그리고 화경

"하아……."

하늘에 뜬 달빛을 정면으로 들어오는 툇마루에 걸터
앉은 후포성이 길고 깊은 한숨을 내뱉었다.

그러자 옆에 같이 있던 강성중이 나무라듯 말했다.

"지인이 죽기라도 했냐? 무슨 한숨을 그리 쉬어?"

후포성은 강성중의 물음에 못마땅하다는 듯한 표정을
했다.

"아니, 그렇지 않습니까. 벌써 반년입니다. 반년."

"아, 벌써 그렇게 됐나? 생각해보니 오래되긴 했다."

둘의 이야기가 이상했다.

반년?

그게 무슨 뜻일까?

그 답은 이어지는 후포성의 말에 담겨 있었다.

"이 지긋지긋해 보이는 포두 질을 어느새 반년도 넘게 하지 않았습니까."

"그러네… 벌써 반년이 넘었네. 그러고 보니 겨울이 멀지 않았네."

강성중의 말대로 그들의 앞에 보이는 울창한 나무숲은 노랗고 붉게 물든 나무들로 빽빽한 상태였다.

그 뜻은 어느새 완연한 가을이라는 말이었다.

그것은 곧 겨울이 다가오고 있다는 말이기도 했다.

"뭐, 언제 온다는 소식은 있긴 합니까?"

"글쎄다. 솔직히 그게 막 제시간을 지킬 수 있다고 할 수 없지 않냐."

"아니, 뭐, 누가 그걸 모릅니까. 알죠. 당연히. 솔직히 조금 근질근질한 면도 없지 않고 뭐 그런 거 아니겠습니까."

"아아."

후포성의 말에 강성중은 이해한다는 듯이 고갤 주억거렸다.

후포성의 말처럼 강성중 역시 그런 부분이 없지 않았으니까.

더군다나 그는 그날 그런 싸움을 지켜보기만 했고 무엇 하나 까딱할 수 없었기도 했지만, 후포성은 달랐다.

 제갈청하와 같이 화진성이라는 나름대로 사파의 거물이라면 거물인 인물을 거의 잡아내지 않았던가.

 "그래도 넌 그날 충분히 즐겼다고 할 수 있지 않냐? 나는 아무것도 못 했는데?"

 "에이, 아무리 그래도 포두님이 제대로 싸우는 걸 보는 것만 할까 싶습니다~."

 "…확실히 그건 반박 못 하겠네."

 후포성의 말대로 일정 수준의 고수들은 더 뛰어난 이의 무공이나 싸우는 것만 봐도 심득(心得)을 얻는다고 하지 않던가.

 특히 초절정 이상의 수준을 가진 고수끼리의 싸움은 특별한 뭔가를 얻어내기 좋은 소재나 다름없었다.

 그러니 후포성이 부러워하는 것이 당연했다.

 직접 봤으니 머릿속에서 얼마든지 그 상황을 떠올릴 수 있지 않겠냐고 말이다.

 하지만 꼭 그런 것은 아니었다.

 기본적인 사전지식이 없다면 그런 것을 백(百) 번, 천(千) 번, 만(萬) 번을 본들 이해하지 못하고 오히려 고통만 받을 뿐이었다.

 "그런데요. 도대체 포두님은 그런 분들과 어떻게 인

연을 맺은 거죠?"

반년 동안 단 한 번도 물어보지 않았던 질문에 강성중도 잠시 생각에 빠졌는지 눈을 껌벅거렸다.

"음… 글쎄? 나도 잘 모르겠다. 그 당시를 생각하면 나도 나름대로 바쁘기도 했고."

"와… 대놓고 놀았다고 시인하시네."

장난치듯이 입을 크게 벌리며 놀란 척을 하는 후포성의 모습에도 강성중은 아랑곳하지 않았다.

"야, 놀긴 누가 놀았다고 그러냐? 나도 나름대로 바쁜 사람이거든?"

"네네. 알겠습니다. 근데 진짜 언제 올까요?"

"잘 알면서 꼭 물어보는 이상한 버릇이 있어. 나도 모른다니까."

"칫."

"나도 너만큼이나 녀석이 언제 돌아올지 궁금한 사람이다."

"진짜 반년 전에는 얼굴만 봐도 진저리가 났는데 막상 안 보이니 궁금하긴 합니다."

"오. 그건 나도 동감."

후포성의 말에 강성중은 고갤 크게 끄덕였다.

"웃차. 슬슬 야간 순찰 끝내고 돌아가야겠습니다."

그 말과 함께 후포성이 툇마루에서 일어섰다.

"그래. 고생하고."

그렇게 터덜터덜 걸어가는 후포성을 향해서 강성중이 가볍게 손을 흔들었다.

강성중은 걸어가는 그를 보며 반년 전을 떠올렸다.

* * *

송옥자를 상대로 거의 완벽에 가까운 승리를 거둔 지악천은 한동안 그때 느꼈던 그 감각을 다시금 느끼고 싶어서 수련에 집중하고 있었다.

"......"

수련에 수련을 거듭했지만, 결과는 언제나 실패였다.

처음에는 육체적인 수련으로 시작해서 결국 명상까지 왔지만, 결과는 마찬가지였다.

더욱이 지악천은 자기 자신의 현황을 알 수 있기에 더더욱 초조했다.

[성명: 지악천(池樂天) 별호: 묘(猫)포두, 악귀, 대(大)포두

소속: 남악현청 직책: 포두(捕頭)

무공수위: 초절정 내공: 220년

보유 무공

심법: 삼원조화신공(三元造化神功) 8성

검법: 유성검(流星劍) 8성

권법: 무형천류(無形天流) 8성

보법: 환영구보(換影九步) 8성

신법: 무영흔(無影痕) 8성

음공: 육합전성(六合傳聲)

환골탈태(換骨奪胎)]

이전과 비교한다면 내공이 20년씩 늘어났다.

물론 지악천 역시 이게 절대로 적은 것이 아님을 모르지 않았다.

하지만 너무나도 달콤한 과실을 맛보게 된 게 독이 된 셈이었다.

송옥자와 싸울 때 단 한 번 맛봤던 그 상황이 너무나도 큰 독으로 작용한 셈이었다.

그 일만 아니었더라면 아마 지악천은 꾸준하게 나아가는 방향을 택했을 것이 분명했다.

하지만 단 한 번의 경험이 모든 걸 송두리째 흔들어 버린 것이었다.

마치 손만 뻗으면 닿을 듯 닿지 않는, 아주 짜증나면서도 포기할 수 없는 그런 상황이었다.

사실 이런 것은 무인들 대부분이 겪는 일이기도 했다.

일종의 벽이라고 부르는 단계였다.

하지만 이것을 사실상 처음 겪는 지악천으로서는 유달리 답답할 수밖에 없었다.

그렇게 오늘도 최소한의 일정만 끝내고서 연무장 중앙에 가부좌를 틀고 앉으려고 했다.

하지만 그다지 반갑지 않은 불청객이 지악천을 자극했다.

'누구지?'

지악천이 있는 이 연무장은 안쪽에 있기에 다른 양민들이나 다른 누군가가 접근하기 쉽지 않은 곳이다.

그만큼 아는 사람만 아는 곳인데 딱 자신의 기감을 교묘하게 자극하고 있었다.

별로 움직이고 싶지 않았던 지악천은 관심을 끊으려고 했지만, 그런 기색을 읽었는지 집중하지 못하게 살살 긁었다.

"아씨."

당연히 집중하지 못하게 살살 긁어대니 입에서 좋은 소리가 나올 리가 없었다.

'누군지 걸리기만 해봐. 가만 안 둔다.'

그렇게 이를 악문 지악천이 바로 바닥을 박차며 뛰어오르자 백촉 역시 재빠르게 지악천의 뒤를 따라서 담벼락을 뛰어넘었다.

단박에 밖으로 튀어나온 지악천은 지금도 자신의 기감을 계속해서 자극하는 방향으로 향했다.

그 방향은 남악의 밖이었다.

무영흔(無影痕)까지 펼치면서 빠르게 도착한 그곳엔 낯익은 사람이 지악천을 기다리고 있었다.

지악천을 기다리고 있던 사람은 다름 아닌 혜불사태(慧佛師太)였다.

혜불사태는 지악천을 보며 미안하다는 듯한 표정을 하고 있었다.

"이렇게 불러내서 미안해요."

지악천으로선 솔직히 기분 나쁠 수밖에 없었다.

최근 계속해서 벽에 막힌 탓에 기분이 좋지 않던 차에 방해까지 받았으니 좋을 순 없었다.

"무슨 일입니까?"

살짝 날이 선 말이었지만, 혜불사태는 크게 신경 쓰지 않는 듯했다.

"어르신들께서 찾으시네요. 그 일 때문에."

"그 일…? 아. 그 화산파."

이미 지악천의 이름도 잊어버렸을 정도였다.

그런 지악천의 모습에 혜불사태가 씁쓸한 표정을 했다.

아무리 싸웠던 상대라지만, 벌써 이름까지 잊었을 줄

지악천

124

은 생각지도 못했다.

"그래요. 그 일도 있고 최근에 꽤 답보 상태라고 들은 어르신들이 부르시네요. 어때요? 갈 마음이 있나요?"

"……."

예상 밖의 제안에 지악천의 마음속에선 이미 대답했다.

당장 간다고 말이다.

하지만 그 말을 하기엔 현실은 그렇게 만만치 않았다.

당장 주어진 일을 내려놓고 싶은 생각은 아직까진 없었다.

"당장 답하지 않아도 됩니다. 그분들도 마땅히 할 일 없는 분들이니까."

고민하는 기색이 역력한 모습에 혜불사태는 인자한 표정으로 말했다.

그러는 와중에 묘하게 돌려서 말했지만, 무왕과 신승을 돌려서 욕했다.

마치 딱히 할 일도 없는 이들이 바쁜 자신을 시켜 지악천을 불러내려고 한 것 때문인 모양이었다.

그런 기색을 읽은 지악천은 살짝 미소지었다.

"바쁘신 것 같으니 생각을 정리하고 주변 정리하면 들르겠습니다. 어디로 가면 됩니까?"

"멀지 않아요. 오히려 가깝죠."

"예? 멀지 않다니요?"

지악천의 물음에 혜불사태는 고갤 돌렸다.

그리고 그 방향에 있는 것은 역시나 형산이었다.

"그분들이 왜? 형산에?"

"글쎄요. 저도 모르죠. 저도 호출받고 왔던 입장이라. 하여튼 소협이 배움을 청하고 싶다면 얼마든지 받아주실 거예요. 물론 그것은 이번 일과 아주 별개라고 하고 싶지만, 그렇게 되진 않겠네요. 그분들이 관심이 있든 없든 결국엔 정파의 큰 어르신들이니."

가볍게 어깨를 으쓱했지만, 혜불사태도 이번 일을 비롯한 여러 가지 때문에 지악천에 대한 미안함과 여러 감정이 있는 모양이었다.

"……."

"아무튼, 저는 전달했으니까. 소협이 선택해요. 그분들을 만나볼지 말지. 그리고……."

혜불사태가 말을 하다 말고 말을 끌자, 지악천이 살짝 고개를 갸웃거렸다.

"흠흠. 제 개인적인 생각이지만, 저는 소협이 그분들에게 배움을 청했으면 좋겠어요. 제가 보기엔 지금 소협은 벽에 가로막힌 상황이에요. 물론 그 벽을 시간이 걸려서라도 혼자서 넘을 수도 있겠죠. 하지만 당장 그러지 못하고 있을 땐 혼자 고민하고 그 때문에 절치부

지악천 126

심(切齒腐心)하는 것보다 다른 사람에게 조언을 얻거나 도움받을 필요가 있는 법이랍니다."

"……."

계속해서 입을 다물고 있는 지악천의 모습에 혜불사태는 살짝 인자한 미소가 입가에 떠올랐다.

"제가 소협에게 주제넘은 참견을 했다면 정말 미안해요. 하지만 저도 한때 소협처럼 고민하고 있었을 때가 있었기에 하는 말이니 너무 고깝게 생각하진 말아줬으면 좋겠네요."

미안함을 분명히 표현하고 있었지만, 혜불사태는 자신처럼 시간을 허비하지 말라는 말을 분명하게 주지시키는 것을 잊지 않았다.

"아, 너무 내 할 말만 한 모양이네요. 미안해요. 내 딴엔… 아무튼, 소협이 무슨 선택을 하든 그것이 가장 나은 방법을 선택하길 바랄게요. 그럼, 다음에."

그 말을 끝으로 혜불사태는 날아가듯이 몸을 날리며 사라졌다.

혜불사태는 처음부터 끝까지 자신의 할 말만 하고 떠난 셈이었다.

물론 그녀가 말한 모든 것이 지악천에게 도움이 되지 않는다고 할 순 없었다.

'흠…….'

혜불사태의 말을 곰곰이 씹어본 지악천은 그녀의 말이 틀림없는 조언이라는 걸 인정하지 않을 수 없었다.

부족한 부분이 있다면 타인일지라도 채울 줄 알아야 한다는 건 이미 진즉부터 실행하고 있었던 것이기도 했으니까.

물론 지악천 역시 안 되는 일을 붙잡고 있어봤자 시간 낭비라는 걸 머리로는 이해하고 있었고 모르지 않다.

그러나 그 잡힐 듯하면서도 잡히지 않는 그때의 감각에 대한 미련을 떨쳐내기란 여간 어려운 일이 아닐 수 없었다.

그렇다고 무왕과 신승과 엮이고 싶은 마음은 그다지 크지 않았다.

자신은 남들과는 달랐으니까.

그 다른 부분을 남에게 들킬까 봐 두려운 감정이 마음 한구석에 자리하고 있었다.

물론 본인은 그것을 제대로 인지하면서도 역설적이게도 그 감정을 인정하지 않는 그런 상황이었다.

"후……."

당장 결론을 내리지 못한 지악천은 그대로 숨을 내쉬며 뒤쪽으로 고갤 돌렸다.

"이리와."

지악천의 말에 뒤쪽 수풀에 숨어 있던 백촉이 모습을

드러냈다.

"먀야양."

"그래, 미안해. 오래간만에 사냥이나 할까?"

지악천은 얼굴에 자신의 얼굴을 비비는 백촉을 쓰다
듬으며 말했다.

그리고 그 말에 백촉이 빠르게 거리를 벌렸다.

그 행동은 자신과 시합하자는 것이었다.

그 뜻을 읽은 지악천이 고갤 끄덕였다.

"그래. 누가 더 큰 놈으로 잡아 오는지 시합하자. 해
지기 전까지 더 큰놈으로 잡아 오는 쪽이 이기는 것으
로."

"미양!"

알겠다는 듯한 울음소리와 함께 백촉이 먼저 튀어 나
갔다.

그리고 그런 백촉과 같은 방향이 아닌 곳으로 지악천
이 움직였다.

다음 날 지악천의 표정은 미묘하지만 약간 온순하게
돌아와 있었다.

그렇게 온순하게 변한 지악천을 본 이들도 역시 편안
한 표정을 지었다.

그만큼 지악천이 그동안 알게 모르게 표정이 썩 좋지
않다는 걸 다들 알고 있었다는 방증이었다.

"오……! 오늘은 어째 표정이 좋습니다?"

매일같이 얼굴을 가까이서 마주해야 했던 후포성은 지악천의 변화를 빠르게 읽을 수 있었다.

"시끄럽다. 점호는?"

"당연히 준비 끝났죠. 가시죠."

어제까지만 해도 저런 물음조차 하지 않을 정도로 지악천의 표정과 속내는 썩 좋지 않았기에 후포성의 표정은 더없이 좋을 수밖에 없었다.

누구나 그렇지 않겠는가.

썩은 표정을 지은 이가 상사인데 그런 이를 매일 같이 마주한다는 것은 썩 그리 좋은 일은 아니었다.

차라리 욕을 해도 웃는 사람이 그나마 나았다.

물론 웃으면서 나무라는 미친놈은 상대하면 위험한 법이다.

그렇게 간단하게 점호를 끝낸 지악천의 표정을 본 관졸들의 표정 역시 어제보다 좋아 보였다.

"어제 무슨 좋은 일이라도 있었습니까?"

"무슨 헛소리야?"

"아니, 그렇지 않습니까. 어제까지 죽상을 하고 있던 사람의 얼굴이 활짝 폈으니 누구나 그렇게 생각하지 않겠습니까."

"……."

후포성의 물음에 지악천이 물끄러미 그를 바라봤다.

"왜, 왜 그렇게 쳐다보십니까?"

"신기해서 그런다. 신기해서."

'눈치 없을 땐 없는 놈이 이런 쪽으로는 귀신같은 면이 있네.'

막혔던 벽을 허문 것은 아니었지만, 최소한 다른 돌파구가 있다는 것을 인정하니 마음이 한결 편해진 것인데 그것을 알아차릴 줄은 몰랐다.

살짝 자라처럼 움츠러든 후포성의 어깰 두드린 후 지악천이 향한 곳은 현령의 집무실이었다.

"현령님. 지 포두입니다."

지악천의 말에 현령의 목소리가 바로 들려왔다.

"커흠, 들어오시게."

현령 역시 최근의 일을 겪으면서 살짝 수척해진 감이 없진 않았는데 다시 상황이 잠잠해지니 적응하고 여유를 찾은 모습이었다.

"무슨 일인가?"

"예. 제가 개인적인 사정으로 인해서 긴 시간 자릴 비워야 할지도 모를 일이 생겼습니다."

지악천은 낮고 차분한 목소리로 말하자, 현령의 표정이 진지해졌다.

"혹시 최근 일과 관련이 있는가?"

현령도 눈과 귀가 있기에 최근 지악천의 기색이 썩 좋지 않다는 것쯤은 알고 있었다.

"예. 전혀 없다고는 할 수 없는 일입니다."

"그렇군. 긴 시간이 필요한가?"

그 물음에 지악천은 쉽게 대답하기가 힘들었다.

"모르겠습니다. 어쩌면 현령님에게 말씀드리고 난 후에 해결될 수도 있고 아니면 더 많은 시간이 들어갈 수도 있기에 뭐라 확답하기가 참 힘들 것 같습니다."

"…그렇군. 하지만 자네가 사직하지 않고 이렇게 말한다는 것은 포두 직을 내려놓을 생각은 없단 뜻이겠군. 내 생각이 맞나?"

지악천은 그 말에 굳은 표정으로 고갤 끄덕였다.

특별한 사유가 아닌 이상 굳이 이 생활을 깨고 싶은 생각은 없었다.

"예. 어지간해선 그럴 생각입니다."

"그렇군. 차 포두가 돌아오기까진 아직 시간이 많이 남았겠지?"

"예. 대충 내년 이맘때가 아니면 내후년이 아닐까 싶습니다."

그 말에 현령이 고갤 끄덕였다.

그 부분은 이미 사전에 그렇게 하기로 했던 것이었으니까.

그리고 그런 차진호의 빈자리를 후포성이라는 낭인이 포두로 대체했기에 가능한 일이기도 했다.

물론 현청에서 지급하는 봉급에 별로 지악천이 따로 비용처리를 하고 있다는 것도 현령은 알고 있지만, 가만히 있었다.

당장 지악천의 행위가 자신과 현청에 누가 되는 일은 없었으니까.

"알겠네. 일단 무 현승과 얘길 해보겠네. 일단은 돌아가 보게나. 최대한 빨리 결론 내주겠네."

그 말에 지악천은 그저 군말 없이 현령에게 허리를 숙이며 밖으로 나갔다.

지악천 역시 현령이 자신의 편의를 상당히 많이 봐주고 있다는 걸 잘 알고 있기 때문이었다.

그 뒤로 지악천은 바로 가볍게 일상으로 스며들었다.

같은 시각 현령은 곧장 무 현승을 호출해 얘길 나누는 중이었다.

"지 포두가 시간이 필요하다고 하는데 자네 생각은 어떤가?"

"…솔직히 지금까지 제 포두가 해온 것들을 생각하면 1년여 정도 휴가를 내줘도 나쁘지 않다곤 생각하지만, 당장 그럴 수는 없지 않습니까. 사실 알게 모르게 이곳저곳에 그의 손길이 닿지 않은 곳이 없습니다. 마치…

노련한 포두같이 말입니다."

"그렇긴 하지. 분명 그전까지는 대충대충 지냈다고 들었는데 포두가 되기 무섭게 사람이 달라졌다는 평이 대부분이었지. 그가 나서서 문제 있는 이들도 대부분 걷어내기도 했고."

"예. 뭐, 당장 그가 대부분의 굵직한 사건들을 전부 깔끔하게 처리하기도 했고, 저희가 오히려 그의 공을 가로챈 감도 없지 않습니다."

무 현승의 말에 현령도 작게 고갤 끄덕이며 긍정했다.

확실히 지악천이 처음 포두에 임명되고 시작한 일부터 굵직한 사건들을 해결해나가면서 전(前) 현령이 저지른 뇌물 사건을 빠르게 가라앉히고 중앙에 자신의 이름을 많이 알리기도 했으니까 말이다.

물론 내막을 아는 이들도 없진 않지만, 보통은 우수한 부하를 두는 것 자체도 능력이라고 하는 판국이니 더 말이 필요하겠는가.

물론 그렇다고 현령과 무 현승이 무능한가? 라고 묻는다면 지악천은 아니라고 고갤 흔들 것이다.

지악천은 현령과 무 현승이 상당히 능력 있는 사람들이라고 판단하기에 은밀히 처리할 일조차 그들에게 알리는 경우도 더러 있지 않던가.

만약 이들이 탐관오리(貪官汚吏)였다면 지악천은 그

들에게 그냥 입에 돈을 물려주고 말았겠지만, 그가 기억하는 그들은 최소한의 선을 지킬 줄 아는 관리(官吏)였다.

물론 그 부분은 지악천이 잘 조율하고 남악 내부에 문제를 거의 말끔하게 정리하니 별다른 잡음조차 생겨날 겨를이 없기 때문이었다.

만약 당장 중앙에서 감사를 나온다 한들 그 어지간한 곳보다 치안이나 관졸들의 상태는 최상이라고 평가받을 수 있는 곳이 바로 지금의 남악이니까 말이다.

그렇게 이런저런 이야기를 나눈 후 결정을 내린 현령이 지악천을 호출했다.

"찾으셨습니까."

"음… 무 현승과 얘길 해봤네. 마음 같아선 1년이고 10년이고 맘껏 해보라고 해주고 싶지만, 현실이 여의치 않다는 건 자네도 잘 알고 있다고 생각하네만."

현령의 말에 지악천은 말을 하기보단 묵묵히 들었다.

"아무튼, 자네에겐 많은 것들을 빚졌다고 할 수 있겠지. 이 부분은 나도 무 현승도 아마 현청 내 모든 이들이 인정하겠지. 정말 미안하지만, 기간을 정하지 않고선 불가능하다네. 그래서 최대한 빼줄 수 있는 시간은 길게 1년 정도네. 그 안에는 돌아와야 해. 하지만 만약 그사이에 우리 쪽에서 감당하지 못할 일이 벌어졌을 땐 어쩔 수 없이 복귀해야 할 수도 있네. 괜찮겠나?"

"예. 그렇게 하겠습니다."

지악천으로선 너무나도 마음에 들지 않을 리가 없었다.

길어봤자 3달쯤으로 생각했는데 1년이라니 마음에 들지 않을 리가 없지 않겠는가.

"그래. 어디로 갈 생각인가?"

"가까운 곳에 좋은 수련 장소가 있지 않습니까."

"아… 형산 말이로군."

지악천의 말에 일전에도 지악천이 짧게 수련이 필요하다고 해서 형산에 갔던 기억을 떠올린 현령이었다.

"예. 그곳이라면 이곳과 멀지도 않고 후 포두가 감당하기 어려운 일이라면 저를 찾기도 어렵지 않을 겁니다."

"과연 그렇군. 후 포두 역시 낭인 출신이지만, 무위가 상당하다 했던가?"

"맞습니다. 어지간한 무인들은 그를 이기지 못할 겁니다. 반대로 이름난 무인이 관인을 상대로 무력 시위할 이유도 없기도 합니다."

"그렇군. 그래서 언제 떠날 생각인가?"

"며칠은 있다가 가야 하지 않겠습니까. 다른 부분도 인수인계를 해둬야 합니다."

"알겠네. 떠나기 전에 얼굴이나 비추게나."

"예. 그렇게 하겠습니다. 그럼."

지악천이 그렇게 밖으로 나가기 무섭게 현령은 크게 한숨을 내쉬었다.

그것은 안도의 한숨이었다.

"후우."

'그래도 1년이라고 하니 마음에 든 모양이네. 그래도 그만둔다고 하지 않는 게 어디냐.'

현령은 지악천이 1년이라는 시간에 만족하지 못하고 그만둔다고 할까 봐 내심 겁이 났었다.

하지만 정작 지악천은 그런 기색도 없이 바로 넙죽 받아버리니 자신이 괜한 걱정을 한 게 아닐까 하는 생각까진 하지 못했다.

현령이 무슨 생각을 하는지는 이제 관심사가 아닌 지악천은 곧장 후포성을 찾아갔다.

자신의 업무까지 떠넘기려면 몇 가지 아니, 가르칠 게 많았다.

포두가 하는 일이 별로 없어 보이기도 하겠지만, 꼭 그런 것도 아니었으니까.

일정 관리, 순찰로, 계절에 따라서 상단이나 주위에 산적들이 출몰하면 그들을 상대하는 법.

그 이외의 기타 등등 여러 가지를 다하면 며칠 내로 가르치기가 빠듯할 지경이었다.

'물론 그전에 주변 정리부터 좀 해놓고 가야겠지.'

지악천은 일단 후포성에게 가려던 발걸음을 돌려서 강성중을 먼저 찾아가기로 했다.

그렇게 현청을 빠져나온 지악천은 강성중을 찾는데 어려움을 겪을 이유가 없었다.

언제나 자신의 곁에 있는 백촉 때문이었다.

"백촉아. 강 형에게 가자."

그 말에 백촉이 앞장서서 움직이기 시작하자 그 뒤를 가벼운 발걸음으로 따라가기 시작했다.

그렇게 지악천은 천천히 움직이는 백촉의 뒤를 따라 움직이면서 눈으로는 이곳저곳을 훑어보고 있었다.

일은 언제 벌어질지 모르는 것이라는 걸 그는 잘 알고 있었다.

그나마 지악천이 남악의 치안을 잘 관리해서 그런지 일없이 빌어먹는 거지들도 많지 않고 상인들을 상대로 패악질 부리는 놈들도 없었다.

'역시 초장에 전부 다 때려잡은 게 크긴 크네.'

지악천의 머릿속에 남아 있는 기억과 비교한다면 칠성방, 매동방, 창골방이 있을 땐 이런 광경은 존재하지 않았으니까 말이다.

그땐 힘이 없었기에 강도나 겨우 때려잡았지. 그들과

지악천 138

대적할 생각은 전혀 못 했으니까 말이다.

'생각해보니 정말 격세지감(隔世之感)이 따로 없긴 하네.'

그렇게 거릴 걸으면서 비교하던 와중에 백촉이 성벽을 가볍게 넘어가자, 지악천도 일말의 고민 없이 성벽을 넘어서 밖으로 향했다.

그리고 그렇게 한동안 앞으로 가다가 백촉이 멈춰 섰다.

"미양!"

"그래. 고맙다."

마치 저 앞에 강성중이 있다는 듯이 말하는 백촉의 울음에 지악천이 가볍게 등허리를 쓰다듬어줬다.

그렇게 앞으로 나가자 멀리 강성중을 발견할 수 있었다.

그리고 그런 강성중과 누군가가 같이 있는 모습을 발견할 수 있었다.

'누구지?'

묘하게 낯익은 느낌이었지만, 좀처럼 누군지 떠올리지 못했다.

하지만 분명 낯익은 느낌이었다.

'어디서 본 거 같진 않은데 말이야.'

지악천은 강성중과 얘길 나누고 있는 이가 묘하게 낯

익었지만, 분명 모르는 사람이라고 생각했다.

물론 지악천이 그렇게 느낀 건 당연했다.

지악천이 지금 저 멀리서 강성중과 마주하고 있는 이의 기운을 무의식적으로 느껴본 적이 있기 때문이다.

'일단 기다려볼까.'

물론 그들의 대화를 들으려면 듣지 못할 것도 없다고 생각했지만 굳이 들을 필요는 없다고 생각했기에 그냥 기다렸다.

그들의 대화가 끝나길.

그 뒤로 그렇게 일다경 정도 흘렀을 때 강성중과 정체모를 사내가 헤어졌다.

그리고 그 자리에 남아 있던 강성중이 남악으로 향하려고 할 때 지악천이 모습을 드러냈다.

"강 형!"

"우왁!"

스릉.

무형흔으로 강성중의 앞에 나타나자 화들짝 놀란 강성중은 전혀 인지하지 못했다는 듯이 놀라며 순간 검을 절반 정도 뽑을 정도였다.

"놀랐잖아! 후."

앞에 나타난 이가 지악천이라는 걸 확인한 강성중은 반쯤 뽑았던 검을 다시 넣으며 한숨을 쉬었다가 말했다.

"근데 갑자기 왜?"

"왜긴? 간단하게 할 말도 있어서 찾아왔지."

그 말에 강성중은 지악천이 사적인 일은 물어볼 생각은 없다는 걸 인지했다.

"그래?"

강성중은 그 후로 지악천이 어떻게 보내왔다는 걸 알기에 이렇게 갑작스러운 변화에 눈빛이 변했다.

"어. 자세한 이유는 말해줄 순 없긴 한데 아무튼 길게 1년쯤 자릴 비우게 됐거든."

그 말에 강성중의 눈빛이 다시 변했다.

"혹시 수련 때문에? 설마 폐관수련 하려고?"

"뭐, 대충 비슷해. 집중적으로 수련을 해봐야 할 것 같아서."

지악천의 말에 강성중은 속으로 고갤 갸웃거렸다.

'그동안 접촉한 이들이 없었던 거 같은데 누가 바람을 넣었나?'

당연히 강성중은 이해할 수 없었다.

바로 전날 지악천이 혜불사태를 만났을 줄 알았겠는가.

애초에 강성중은 지악천이 자신이 모르는 이들과 인연이 닿았다는 사실 자체도 모르고 있었으니까.

하다못해 지금은 송옥자 일 때문에 자릴 비웠지만, 이

전까지 서너 일에 한 번 꼴로 얼굴을 마주하고 있던 제갈수조차 지악천과 무슨 관계인지 모르니까 말이다.

"맞아. 가끔은 오롯이 집중해야 할 때가 있긴 하지."

강성중 역시 지악천이 수련에 집중한다는 것을 나쁘지 생각하지 않았다.

그만큼 자신 역시 수련에 집중할 시간이 생기니까 말이다.

"아무튼, 잘 생각했네. 근데 현령도 허락한 거야?"

"설마 허락도 안 받고 먼저 말할까."

"그래. 그래서 언제부터 시작하려고?"

"일단 녀석에게 인수인계도 해야 하니까 얼추 며칠 정돈 걸리겠지."

"그래? 그럼, 그렇게 알아둘게."

그렇게 헤어진 후 지악천은 제갈세가 이들이 머무는 객잔으로 가서 강성중에게 했던 이야기를 반복한 후에 다시 후포성에게로 향했다.

* * *

그 시각 형산의 운봉무쇄(雲封霧鎖) 끝자락에 있는 축융봉(祝融峰)에는 무왕(武王) 현도진인(玄都眞人)과 신승(神僧) 원영대사(元詠大士)가 뭔가 묘한 불만족스러운 표정을 하고 있었다.

"이놈은 온다는 거야 아닌 거야?"

먼저 불만을 내뱉은 쪽은 무왕이었다.

"어허. 속세의 일을 마음대로 할 수 있는 것이 아니지 않은가. 기다리면 오겠지."

"땡중. 헛소리 작작 해라. 마음에 들지 않는 건 똑같으면서."

자신의 말에 신승이 그의 눈을 피해서 고갤 살짝 돌리면서 회피하자 무왕이 혀를 찼다.

"쯧, 꼬락서니를 보아하니 바로 올 마음은 없는 것 같은데 이 녀석은 왜 그렇게 말한 거지?"

무왕의 말이 향한 곳은 어제 소식을 전하고 돌아갔던 혜불사태를 향한 말이었다.

"증손녀와는 여전히 사이가 안 좋구먼. 끌끌."

신승의 말에 무왕이 다시 으르렁댔다.

"하는 일도 없이 가만히 있으면서 자꾸 열린 입이라고 개소리만 하고 있을 거냐?"

"아미타불. 부처께서 내 입을 막지 않는데 누가 막으리."

"또 또 개소리하고 자빠졌네."

잔뜩 심통 난 무왕의 목소리에 신승이 웃었다.

"기다리면 오겠지. 그러니 기다리게나."

"으휴! 속 터져."

무왕은 답답하다는 듯이 씩씩거렸다.

무왕과 신승은 성격이 다르지만, 서로가 100년 넘게 알아 온 사이이며 유일하게 남은 막역지우(莫逆之友)라고 할 수 있었다.

그렇기에 반대되는 의견을 주고받아도 이렇게 마주할 수 있었다.

무려 100년 이상을 말이다.

"몰라! 놈이 올라오지 않으면 강제로 끌고 와야지."

"흘흘흘."

신승은 그럴 줄 알았다는 듯이 웃고 있었다.

지악천은 여느 때와는 다르게 바빴다.

후포성에게 포두가 해야 할 일들을 전부 다 인수인계하느라 아주 바빴다.

"아니, 무슨 포두가 이렇게 할 일이 많답니까? 죄다 서류야. 순찰 일지부터 경계보고 사항. 이건 또 뭐야?"

"뭐긴 관졸들 동향이지. 걔들도 사람이니 걔들이 무슨 불만이 있는지 다 알아야 하니까. 항상 귀를 열고 다녀야지."

"미쳤네. 미쳤어."

후포성이 질렸다는 듯이 고갤 흔들자 지악천이 그의 정수리에 손을 얹었다.

"시끄럽고, 잘 들어. 매달 애들 순찰 경로도 변경해줘야 하고 순찰조에 속한 애들도 변경해야 해. 물론 너한테 그 정도까진 바라지 않으니까 내가 다 준비해 놨다. 대충 이렇게 3가지로 변경하면 된다. 알겠지? 그리고 당장 포두가 너 하나뿐이니까 일 터지면 현청에서 대기하고 있다가 튀어나가. 대신 순찰은 오전 오후 저녁 네가 하고 싶은 시간대에 한 번만 해."

"오오. 그건 마음에 드네."

"아무튼, 현령님도 네가 정기보고하는 것까진 바라지 않으실 거고 문제만 일으키지 마. 만약 저번처럼 무인들이 행패 부리면 차라리 강 형에게 부탁해서 정리해달라고 해. 직접 나서지 말고."

나서지 말라는 대목에 후포성은 아주 마음에 들어 했다.

"어차피 하류 잡배 놈들이야 내 손에서 벗어나진 못하겠지만, 정말 무인들은 전부 강 형에게 넘깁니까?"

"어. 어지간하면 도와줄 거다."

"아니, 고작 1년 정도 자릴 비우는 건데 너무 빠듯하게 하는 거 아닙니까?"

"만일이라는 게 있으니까. 내가 겪어 봤는데 세상일은 마냥 내 맘대로 돌아가지 않는다는 걸 지독한 방식으로 깨달았거든."

"……?"

지악천의 말에 후포성은 이해할 수 없다는 듯이 고개를 갸웃거렸다.

물론 그 말에 숨겨진 의미인 지악천이 혈인에게 당했던 기억은 오롯이 지악천 홀로 기억하는 일이었으니까 말이다.

"아무튼, 잘해. 돌아왔을 때 개판 쳐놓고 도망치면 중원 전역을 뒤져서라도 찾아낼 거니까."

꿀꺽.

지악천의 말이 진심이라는 것이 팍팍 느껴지니 후포성의 의지와는 상관없이 절로 침이 삼켜졌다.

"하, 하하. 걱정 붙들어 매시고 잘 다녀오시기나 하시죠?"

"아무튼, 내가 없는 사이에 잘 부탁한다."

"아니, 오늘 가는 것도 아닌데 무슨 작별인사가 거창하시네."

"…….."

후포성의 말에 지악천이 팔을 들기 무섭게 그는 이미 방 밖으로 달아나고 있었다.

그렇게 후포성에게 필요한 부분을 전부 인수인계한 지악천은 백촉과 후포성을 데리고 강성중과 제갈 남매가 기다리고 있을 객잔으로 향했다.

그곳에선 이미 강성중이 제갈 남매와 함께 지악천과 후포성을 기다리는 중이었다.

다들 말없이 자리에 앉아서 왠지 모르게 지악천의 눈치를 봤다.

"왜 그리 눈치들을 봅니까? 누가 죽었습니까?"

"……."

지악천의 말에도 넷은 조용히 입 다물고 있을 뿐이었다.

"짧으면 짧게 끝날 수 있고, 길어봤자 1년인데 무슨 내가 죽으러 가는 줄 알겠네."

지악천의 말에 대답이 흘러나온 곳은 같이 자리한 넷이 아닌 입구에서였다.

"저 녀석이 어디 죽으러 간다더냐?"

그 말에 목소리가 들려온 방향으로 다들 동시에 고개를 돌렸다.

그들의 시선에 닿은 이는 무왕과 신승이었다.

그들과 최근에 마주했던 지악천은 목소리만 들어도 금방 무왕이라는 것을 인지했지만, 다른 넷은 달랐다.

그들이 무왕과 신승을 마주할 일이 있겠는가.

그렇게 갑작스러운 무왕과 신승의 등장에 가장 당혹스러운 사람은 다름 아닌 지악천이었다.

벌떡.

"직접 내려오실 줄은 몰랐습니다. 무왕님. 그리고 신 승님."

"예??!!!"

지악천의 말에 넷의 얼굴은 굳었고 눈은 거침없이 흔들렸다.

그들로선 갑자기 튀어나온 우내삼성의 등장은 놀라움을 넘어 사고를 마비시키기 충분하고도 남았다.

그리고 그것은 그들뿐만이 아니고 이 객잔에 있는 천룡대원들까지도 마찬가지였다.

그나마 정신을 차린 제갈청하가 지악천을 따라서 벌떡 일어났다.

"제갈세가의 장녀 제갈청하라고 합니다."

갑작스러운 상황에 당황했을 법했지만, 나름대로 잘 대처했다고 볼 수 있었다.

"오호… 다들 예사롭지 않구나."

"아서라 땡중아. 어쭙잖은 칭찬 따윌 하려 했다면."

제갈청하의 말에 신승이 칭찬하려 했지만, 무왕이 가볍게 제지해버렸다.

그런 그들의 모습에 나머지는 살짝 뭔가 맥이 빠진 느낌이었다.

긴장도 살짝 풀린 마당에 제갈 남매는 우내삼성에 대해서 들었던 기억을 떠올리니 지금의 상황이 그리 이상

지악천　　148

하지 않다는 것을 깨달았다.

'저렇게 두 분은 항상 티격태격하신다고 그랬지.'

그러한 생각이 들었던 참에 이내 지악천이 자신보다 먼저 무왕과 신승을 알아봤다는 걸 이제야 인지했다.

'근데 무슨 인연이지?'

그 생각과 동시에 뭔가 서운한 마음도 들었지만 그건 아주 잠시뿐이었다.

'아니, 지 포두님이 모든 걸 나에게 얘길 해줄 필요는 없겠지.'

지악천과 제갈청하는 그런 얘길 나눌 정도의 사이는 아니니까.

거기다 강성중조차도 모르는 눈치인데 자신에게 말해줄 이유는 더더욱 없지 않겠나 싶었다.

"네놈은 올 것처럼 해놓고 왜 아직도 여기서 이러고 있는 것이냐?"

무왕의 말에 네 쌍의 눈이 지악천에게로 향했다.

그들의 눈은 수련이 폐관 수련이 아니고 무왕과 신승에게 배운다는 거였냐는 의문과 질투가 섞인 눈빛에 가까웠다.

"아니, 그게… 하하."

그들에게 딱히 할 말이 없기에 멋쩍게 웃는 지악천이었다.

사실 변명할 것도 아니고 이 자리에 있는 이들이 착각했을 뿐이었다.

지악천은 그저 수련 때문에 장기간 자릴 비운다고 했을 뿐이었으니까.

거기다 살을 붙이고 제멋대로 해석한 것은 이 자리에 있는 그들이 스스로 한 일이었다.

"쓸데없이 시간 낭비하지 말고 간단하게 옷가지만 챙겨라."

무왕의 단호한 말에 지악천이 슬쩍 신승을 바라봤지만, 신승은 이미 눈감고 불호를 중얼거리고 있을 뿐이었다.

'왠지 코 꿰인 거 아닌지 모르겠네.'

속으로 고개를 흔든 지악천은 무왕의 보챔에 못 이겨 자리에서 일어날 수밖에 없었다.

"기다리고 계시면 갔다 오겠습니다."

그 말에 대답할 필요도 없다는 듯이 무왕이 손을 흔들었다.

빨리 갔다 오라는 듯이 빠르게.

그렇게 지악천이 자릴 비운 사이에 그가 앉았던 자리를 어느새 꿰찬 신승이 물었다.

"동 나이 대에 비교하면 다들 쓸모 있는 아해들이로구나."

신승의 칭찬에 다들 기분이 좋아질 수밖에 없었다.

그 어떤 이들보다 우내삼성의 칭찬이 아닌가.

입바른 말이라도 기분이 좋을 수밖에 없었다.

강성중과 제갈청하는 최대한 내색하지 않으려고 했다. 하지만 후포성은 달랐다.

"헤헤. 그렇습니까?"

헤벌쭉 웃으며 넙죽 그 말을 받는 그의 모습에 신승은 후포성을 보며 고갤 끄덕였다.

"아무렴."

자신의 말에 숨김없는 감정을 내뱉는 후포성이 신승은 썩 마음에 들었는지 그를 보며 웃어줬다.

"그런데… 어디 출신인가?"

신승의 물음은 후포성이 아닌 강성중을 향해 있었다.

"무림맹의 군사전 소속입니다. 출신은 딱히 없습니다."

강성중의 대답에 신승은 일전에 제갈수가 말했던 이가 강성중이라는 걸 알아차릴 수 있었다.

"그렇구먼. 그래도 아쉽겠군. 한참 정진해야 할 텐데 일을 하고 있으니."

강성중은 신승의 말만으로도 그가 자신의 신분을 알아차렸다는 걸 깨달았다.

"아닙니다. 나중에라도 얼마든지 할 수 있지 않겠습

니까."

"흘흘. 그렇지. 한산해지면. 그렇겠구먼. 그렇지 않
냐? 말코야?"

신승의 물음에 무왕은 강성중을 삭 훑어봤다.

"그나마 이 자리에서 가장 쓸 만한 녀석이라는 건 사
실이니까."

"흘흘."

주변의 시선이 절로 강성중에게로 향했다.

확실히 미친 성장 속도를 보여주고 있는 지악천 때문
에 강성중이 가려진 탓이 없진 않았다.

특히 같은 자리에 앉아 있는 제갈 남매와 후포성 역
시 거의 매일 마주하고 있음에도 크게 생각하지 않았던
건, 매일같이 지악천에게 들들 볶인 탓도 없지 않았다.

그렇게 새삼스럽게 자신에게 쏠리는 시선에 강성중이
가볍게 헛기침을 하며 애써 시선을 분산시켰다.

"흠흠."

강성중의 헛기침에 그를 향하던 시선들이 흩어지면서
정적이 이어졌다.

이 자리에 있는 모두가 지악천이 무왕과 신승을 어떻
게 만나게 됐는지 궁금했지만, 누구 하나 쉽게 말을 꺼
낼 수 없었다.

그만큼 그들이 이 자리에 존재함으로써 주는 영향력

은 상상 그 이상이었다.

그러한 상황 속에 무왕과 신승을 제외한 모두가 숨죽이고 지악천을 기다리고 있었다.

잠깐의 시간이 흐른 후에 지악천이 간단한 짐 보따리를 들고 나타나자, 객잔에 있는 이들 전부 다 숨이 트였다는 듯이 숨을 쉬었다.

그런 지악천을 본 무왕이 살짝 눈살을 찌푸리며 물었다.

"그 녀석까지 데려갈 생각이더냐?"

무왕이 지적하는 부분은 다름 아닌 백촉이었다.

"문제가 된다면 이곳에 두거나 다른 곳에 두겠습니다. 상관없다면 데려가고 싶습니다."

"쯧. 마음대로 해라. 장소는 와보면 자연스럽게 알게 될 테니까 알아서 오고. 가자, 땡중."

제 말만 하고 홱 하니 객잔을 나가는 무왕의 뒤로 신승이 웃으며 말했다.

"난 녀석이 꽤 마음에 드니까 데려오게나."

신승은 해맑은 미소를 뒤로하고 무왕의 뒤를 따라서 밖으로 나가자 다들 크게 숨을 내뱉었다.

그리고 잠깐의 침묵이 흐르기 무섭게 깨졌다.

"아니, 포두님! 어떻게 된 겁니까?"

다들 묻고 싶었지만 차마 꺼내지 못한 말을 후포성이

먼저 꺼냈다.

그러자 주변에 있는 시선들이 모여들었다.

"우연히. 그거 말고 더 없어. 정말로."

지악천의 말에 강성중의 눈은 가라앉았다.

물론 자신이 12시진 내내 지악천을 감시하고 있진 않지만, 저런 굵직한 이들을 만났다니 믿을 수 없었다.

"설마, 저분들이 사부님이고 뭐 그런?"

"절대. 절대 아니니까 쓸데없는 소리 그만하지?"

후포성의 말에 지악천은 단호하게 아니라는 말과 동시에 인상까지 찌푸리면서 고갤 흔들며 자신과 그 둘과의 관계를 정리했다.

물론 그런 지악천의 말을 누가 얼마나 믿을지는 결국 그들의 선택에 달린 것이었다.

"아무튼, 가르쳐준 일 똑바로 하고. 갔다 와서 확인할 거니까. 강 형. 강 형도 수련 좀 하고 그러라고. 그리고 제갈 소저와 소협도 나중에 기회가 된다면 또 봅시다."

그 말을 끝으로 손까지 흔드는 지악천을 누구도 붙잡지 않았다.

정확히는 붙잡을 용기가 없었다.

무왕이 오라고 했었기에 그를 붙잡을 엄두를 누구도 낼 순 없었다.

"와… 미쳤네. 저 둘에게 배우면 지금도 괴물이라고

할 수 있는 상황인데?”

후포성이 말을 했고 이 자리에 있는 전부 비슷한 생각을 했다.

객잔을 빠져나온 지악천은 곧바로 골목으로 들어선 이후에 뛰어올라 빠르게 남악을 빠져나갔다.

전력까진 아니더라도 지악천의 경공은 일반적인 범주를 일찍이 넘어선 상태였다.

때문에 땅을 한 번 디딜 때마다 5장씩은 가볍게 넘어설 정도의 속도를 보여주고 있었다.

그렇게 열심히 경공을 펼쳐서 형산의 초입에 도착한 지악천은 무왕의 말을 다시금 되새겼다.

‘올라와 보다 보면 알 거라고 했지?’

그 말을 떠올린 지악천은 일단 올라가기로 마음먹고 바로 땅을 박차고 뛰어오르기 시작했다.

한편 지악천이 형산의 초입에 도착했다는 사실을 인지한 무왕과 신승은 각자 탁주 한 병씩을 손에 쥔 상태로 벌컥벌컥 마시고 있었다.

“근데 부른 건 좋은데 어쩌려고 그러냐? 검까지 줬으면 거기까지 할 것이지.”

“대환단까지 준 땡중 네가 할 말은 아닌 것 같은데?”

“아, 그거? 제갈가 녀석에게 연락받았는데 제 놈이 먹지 않고 다른 녀석에게 줬다더라. 거기다 대환단만큼이나 귀한 것과 같이."

신승이 반질반질한 자신의 민머리를 쓸어내리며 말하자 무왕이 되물었다.

"…귀한 것?"

"어. 만월초. 그걸 가지고 있었다더군."

마치 별거 아니라는 듯한 신승의 말투에 무왕은 어이가 없었다.

"대환단과 만월초라면 능히 초절정 수준의 내공을 만들 수 있을 텐데 그걸… 아니지, 이미 의미가 없다는 걸 알고 있었군."

"그렇겠지. 얼추 봐도 다 합쳐서 아무리 작게 봐도 4갑자 이상이야. 거기다 본인이 인지 못 하는 건진 몰라도 우리 예상보다 많으면 많았지 적진 않겠지."

"괴물이 따로 없군. 확실히 영약에 관심을 가지지 않을 만도 하군. 거의 본능적으로 자신에겐 필요 없다는 걸 깨달았다고 봐야 하나?"

"그럴 수도 있고 아닐 수도 있겠지."

"개 풀 뜯어 먹을 소릴 하려는 건 아니겠지?"

무왕의 말에 신승이 손에 쥔 탁주를 벌컥 마신 뒤에 소매로 입을 닦았다.

"왜 모른 척하냐? 이미 말코 네가 준 검을 썼다는 소릴 들었다면 알고 있을 텐데."

"……."

"귀하디귀한 만년한철을 통으로 써서 만든 그 검에 내공을 밀어 넣을 수 있는 수준은 대략 3갑자. 그 이상이 아니라면 제대로 검을 쓰지도 못할 걸 알고 있으면서?"

신승은 다시금 탁주를 한 모금 마신 후에 지긋이 바라봤다.

"애초에 말코. 자네가 무리했다는 게 아니야. 굳이 이럴 필요가 있냐는 거라네."

"알아. 하지만, 걸리는 게 있다고."

"왜? 살심(殺心) 때문에?"

직설적인 신승의 말에 무왕은 잠시 입을 다물고 있다가 열었다.

"…자네도 느꼈는가?"

"당연하지. 근데 난 그게 이상하다고 생각하진 않는다네. 물론 그런 수준의 살기는 쉽게 얻을 수 있는 게 아니긴 하지만 말이야."

"맞아. 정말 한 하늘 아래에서 같이 살 수 없다고 선언하는 이들조차도 그런 살기를 가지지 못했지. 그런데 어떻게 그런 살기를 품을 수 있을까? 나나 자네나 오래 살았다면 살았다고 할 수 있지만, 어디서도 그런 종류의 살기를 가진 이를 본 적이 없네."

"그래서 온갖 조건을 걸었음에도 확인하고 싶다. 이거 아닌가."

"하긴, 마교에서도 그런 살기를 가진 이를 본 적은 없긴 하지."

결국, 그들의 의구심은 하나였다.

지악천이 무왕과 만났을 때 단 한 번 들끓었던 살심.

그 살심의 진원지가 어딘지 알고 싶었다.

하지만 당시에 지악천의 표정을 본 무왕은 그가 말해 주지 않을 것이라는 직감하고 에둘러 조건을 달았을 뿐이었다.

하지만 이번에 송옥자 사건과 지악천이 벽을 깰 준비를 하고 있다는 소식을 전해 듣고 그를 지켜보려고 한 것이었다.

물론 무왕과 신승은 성심성의껏 지악천을 도울 의사도 분명하게 있었다.

단지 무왕은 지악천의 살심에 더 관심이 있을 뿐이었다.

만약 지악천이 정말 그 살심을 주체하지 못할 것 같다면 그를 죽여서 혹시나 생길 수 있는 문제 자체를 막을 셈이었다.

반대로 신승은 무왕과는 달리 크게 개의치 않았다.

그는 운명은 흘러가는 대로 내버려 두는 것이 좋다고 생각했기에.

결국, 누구의 생각이 맞을지는 두고 봐야 할 일이었다.

한편 형산의 짙은 운봉무쇄(雲封霧鎖)를 뚫고 올라온 지악천은 일전에 신승을 만났던 곳까지 올라온 상태였다.

'흐음, 여긴 아닌가? 좀 더 올라가 볼까?'

결정을 내린 지악천이 그대로 땅을 박차고 절벽을 오르기 시작했다.

목적지는 축융봉이었다.

펑!

짙은 운봉무쇄를 뚫고 나온 지악천과 백촉은 단박에 대작하고 있는 무왕과 신승을 발견하고서 그들이 있는 곳으로 향했다.

"생각보단 일찍 왔군."

신승의 말에 지악천이 둘에게 가볍게 묵례를 하며 다가갔다.

"근데 어찌하여 저를 찾으신 겁니까?"

"네 눈은 옹이구멍이더냐?"

"예?"

"빌빌거리는 꼴을 보고만 있자니 답답해서 그랬다."

"……."

툭툭 내뱉는 무왕의 말을 듣고 있던 신승이 나섰다.

"또 그런다. 좋은 말 놔두고 왜 툭툭 쏘아대냐 말코야."

"쯧."

껴드는 신승의 말에 무왕은 혀를 찼다.

"자넬 위해서지. 이왕이면 자네가 옳은 방향으로 나아가게 돕고 싶기도 했고, 또한 자넨 아직 부족한 게 많지 않은가. 이왕이면 도움을 줄 수 있으면 좋지 않겠나 싶어서 말이네."

좋은 말만 나름대로 골라서 해주는 신승의 말에 지악천은 무왕을 바라봤다.

일전에도 자신에게 다소 날이 서 있던 무왕이기에 그라면 다른 말을 할 수 있다는 생각이었다.

"이왕이면 제대로 배우는 것이 손해는 아니지 않더냐."

결국 자신의 속내를 숨기고 신승의 말에 동조하는 무왕의 말에 지악천도 허릴 숙였다.

"감사합니다. 그리고 고맙습니다."

당장 일전에 느꼈던 그 감각을 자신의 것으로 만들 수만 있다면 이들에게 얼마든지 배움을 청할 수 있다고 생각했기에 감사와 고마움을 표시하는데 거침이 없었다.

축융봉에서의 수련이 지악천이 일상적으로 하던 수련들과 크게 다른 부분은 한 가지뿐이었다.

새벽부터 오전까지 운기조식에 집중하고 정오에는 가볍게 몸을 풀면서 머릿속에 있는 무공들을 하나하나씩 되새기면서 수련을 하고 있었다.

그리고 그런 지악천의 모습을 멀찌감치 떨어진 곳에서 지켜보고 있던 무왕이 고개를 흔들었다.

"방향성은 나쁘지 않지만, 굳이 지금 필요하다고 할 순 없겠군."

무왕의 말에 신승도 거들었다.

"흘흘. 배우는 무학에 따라 다르긴 하겠지만, 한 곳만 바라보는 느낌이야. 아, 그리고 이리 와 봐라."

신승이 조금 떨어진 곳에 있는 백촉을 부르자 백촉이 아무런 반항도 없이 천천히 신승에게로 다가갔다.

본능적으로 무왕과 신승에게서 느껴지는 힘을 감지하고 먼저 숙이고 들어간 모양이었다.

"가서 뭐라도 좀 잡아와라. 전부 다 먹을 수 있는 것으로."

신승의 말에 백촉이 일순간 허깨비처럼 사라졌다.

그리고 그런 신승과 백촉을 보던 무왕이 고갤 흔들었다.

"땡중 아니랄까 봐. 고기가 그렇게 먹고 싶었냐?"

"왜? 싫어? 그럼, 말코 넌 먹지 말든가."

거리낌 없는 신승의 말에 무왕은 슬며시 고개를 지악천에게로 돌리면서 대답을 피했다.

"끌끌. 나나 너나 다를 게 별로 없는데 누가 누굴 욕하겠냐? 이제는 그냥 하고 싶은 대로 하다가 부처님이든 원시천존이든 누가 됐든 위에서 부르시면 그저 올라가면 그만인데."

신승이 웃으면서 한 아주 살짝 자조 섞인 듯한 말이었다.

한쪽에서 머릿속에 각인된 구결을 암송하며 육합권을 시작으로 무형육수, 무형팔식, 무형십삼세, 무형천류까지 한 번씩 펼쳐본 지악천이 기수식을 풀고 무왕에게 받은 검을 뽑아 들었다.

이번에는 검식을 하나씩 전부 펼쳐볼 생각인 모양이었다.

자신이 가장 처음 익혔던 삼재검을 시작으로 삼절검, 무룡검, 번천구검, 유성검까지. 물 흐르듯 펼쳐내진 못했지만, 뭣하나 막힘없이 펼쳐냈다.

물론 내력을 제외하고 펼친 것이라 사정을 모르는 이

지악천

들이 그 모습을 봤다면 허우적거리는 모습으로 보일 뿐이었다.

하지만 무왕과 신승의 눈엔 확실히 보였다.

아는 만큼 보이는 법이니까.

"시작은 분명 육합권이랑 삼재검인데 희한하군. 평생본 적 없는 기이한 형태의 초식과 형(形)이야. 마치 기초로 육합권과 삼재검을 익힌 후에는 모든 초식과 형을 버리게 만든 느낌이군. 하지만 정작 자신은 자신이 뭘하고 있는지 모르고 있는 것 같군. 나쁘게 말하면 조잡하고 좋게 본다면 매우 뛰어나다고 할 수 있겠지. 물론적재적소에 이용할 줄만 안다면."

무왕의 말에 신승 역시 동감한다는 듯이 고갤 주억거렸다.

"흘흘. 누군가가 의도적으로 무초식을 가르친 게 아닐까 싶을 정도군. 제대로 배웠다고 할 만한 티가 없는만큼 무초식에 빠르게 적응했다고 해야겠군. 그리고어떻게 본다면 누구보다 축복받았다고 할 수 있겠지."

사실 무초식이 막 그렇게 복잡하고 어려운 일은 아니라고 할 수 있었다.

다만, 그걸 오랜 세월 동안 무공을 익혀온 무인이 일순간에 무초식을 펼치고 싶다고 펼칠 수 있는 것 또한아니었다.

처음 무공을 배울 때부터 시작해서 상대를 타격하는 방식과 막아내는 방식을 거의 주입식으로 배우기 때문이었다.

거기다 무공 역시 여러 가지 형과 초식들이 정해진 상태에서 그걸 수십만에서 수백만 또는 수천만 번까지 수련하기에 그것을 버리기가 여간 어려운 게 아니었다.

물론 모든 형과 초식이 정해졌다고 해서 딱 배워온 동작으로만 막거나 때리는 것이 아니지만, 지악천처럼 자유로움을 품는 것은 엄청나게 고된 일이라고 할 수 있었다.

무왕과 신승조차도 일평생 동안의 수련으로 인해 몸에 새겨진 초식과 형을 쉽게 떨쳐내지 못했었다.

그만큼 무초식은 사람에 따라서 쉬울 수도 어려울 수도 있는 것이었다.

서서히 단전에 가만히 있던 내공을 조금씩 끌어다 쓰기 시작하자, 지악천의 동작에 생기가 감돌기 시작했다.

펑!

언뜻 가벼운 주먹질처럼 보여도 공기를 터트리는 소리와 울리는 수준이 당연하게도 이전과는 확연하게 달랐다.

그 정도로 내공의 유무는 극과 극의 차이를 보여주었다.

그렇게 한참을 내공만 쓰더니만, 언제부턴가 자연스럽게 왼손에는 화기를 오른손에는 냉기를 두르기 무섭게 양장으로 장력을 허공으로 내뿜었다.

후웅. 펑!

살짝 사선으로 날아가던 장력들의 거리가 점점 좁혀지더니 이내 서로 부딪히며 공중에서 터졌다.

그런 지악천의 모습을 지켜보던 무왕과 신승은 흥미로운 표정을 하고 있었다.

그들 역시 지악천처럼 냉기와 화기를 능숙하게 동시에 다루는 이를 본 적이 없었기 때문이었다.

거기다 냉기와 화기 둘 중 하나만 쓰는 것도 아니기에 더더욱 특이할 수밖에 없었다.

이젠 이름만 간간이 들려오는 북해빙궁과 남만에 자리한 태양신궁이 냉기와 화기 사용의 대표적이라고 할 수 있는 이들이었고, 현재로서는 거의 지악천 홀로 가능하다고 봐야 했다.

물론 일정 수준의 무위를 갖추게 된다면 내공을 이용해서 물건을 태우거나 얼리는 건 얼마든지 가능하지만, 그건 생각보다 많은 양의 내공을 소모해야 가능했다.

지악천은 본질 자체를 이용하기에 그 결이 다르다고 할 수 있었다.

다만, 어떻게 돌아가는지 모르기에 무왕과 신승은 한 편으로 위험하다고 생각했다.

"3가지의 기운을 저렇게 자유자재로 이용한다지만, 다른 한편으로는 위험하게 보이기도 하고."

"그렇긴 한데… 그런 것치곤 멀쩡하니 하지 말라고 하기도 뭐하구먼. 본래 자신의 몸은 자신이 가장 잘 안 다고 하니까. 그리고 저렇게 함으로써 불편함을 느꼈 다면 애초에 저렇게 하지도 않았겠지."

"아무튼, 대충 방향은 잡혔군."

"흘흘. 자네도 그런가? 나도 방금 그렇게 생각했는 데."

신승의 말에 무왕이 살짝 그를 흘겨봤다.

"결국 땡중. 너나 나나 비슷한 생각을 하는 모양이 군."

"끌끌. 솔직히 너나 나나 비슷하게 배워왔으니까. 그 렇겠지."

신승의 말대로 그와 무왕의 삶은 많은 부분이 비슷했 다.

물론 같이 붙어 다닌 세월도 세월이지만, 첫 만남부터 많은 것을 공유하고 서로서로 도와주는 사이였기에 이 젠 말하지 않아도 대충 상대가 무슨 생각을 하는지 꿰 뚫어볼 수 있었다.

"내가 먼저 한다. 그 다음에 부족한 부분을 네가 채우든 알아서 해."

무왕의 말에 신승은 마음대로 하라는 듯이 어깨를 으쓱거렸다.

사실 누가 먼저 뭘 가르쳐도 문제 될 것은 없다고 생각했다.

그렇게 그들의 첫날은 별 탈 없이 지나갔다.

둘째 날 셋째 날까지는 지악천은 원래 하던 대로 수련 방식을 고수했다.

그렇게 넷째 날이 되는 날.

운기조식을 끝낸 지악천의 앞에 무왕이 섰다.

"왜 그러십니까?"

"따라와라."

지악천의 물음에 물끄러미 그를 보던 무왕이 말하자마자 돌아서서 걷기 시작했다.

지악천은 영문을 모르겠다는 표정으로 무왕의 뒤를 따랐다.

　　·　·

넓은 자리로 자릴 옮긴 무왕이 바닥에 굴러다니는 나뭇가지 하나를 허공섭물(虛空攝物)로 끌어당긴 후에 반 장 정도의 크기의 원을 그렸다.

"나는 바닥에 그려진 원과 이 나뭇가지만 쓰겠다. 너

는 나를 이 원 밖으로 나가게 만들면 된다.”

그 말을 들은 지악천은 왜 이런 걸 하지라고 생각했지만, 이내 자신의 앞에 있는 이가 무왕이라는 사실을 새삼스럽게 떠올렸다.

‘짧지만, 그동안 같이 밥 먹고 그러니 누군지 잊고 있었네.’

물론 무왕이 친근하게 굴고 그러진 않았다.

다만 신승이 무왕과 과하게 비교될 정도였다.

“덤벼라.”

무왕은 왼팔을 등허리에 붙이고 나뭇가지를 든 오른손을 지악천을 향한 상태로 까딱거렸다.

나뭇가지를 든 무왕을 향해서 달려든 지악천이 발경의 묘리를 이용해서 그를 향해서 주먹을 뻗었다.

투웅.

하지만 무왕이 가볍게 뻗은 나뭇가지에 밀려났다.

“……?”

지악천은 자신의 주먹이 왜 무기력하게 밀려났는지 이해할 수 없었다.

‘뭐지? 아무런 문제는 없는데?’

그런 지악천의 모습을 바라보고 있던 신승은 알쏭달쏭한 미소를 짓고 있었다.

‘얼마나 빨리 깨우칠 수 있을까?’

무엇 때문에 밀려났는지 끝내 이해하지 못한 지악천이 선택한 방법은 계속된 경험이었다.

'계속해보면 뭐가 문제인지 알 수 있겠지.'

정말 단순한 생각이지만, 이럴 때일수록 가장 적절한 방법이기도 했다.

목숨이 걸릴 것도 아니었으니까.

이번엔 1할의 내공이 실린 주먹을 그대로 뻗었다.

물론 자신이 생각한 무왕의 제공권을 상정하고서 권풍을 뿜어낸 것이었다.

자신을 향해서 날아드는 권풍을 본 무왕은 가볍게 혀를 차는 동시에 고갤 흔들었다.

그러면서 자신을 향해 날아드는 권풍을 향해서 나뭇가지를 천천히 사선으로 그었다.

펑.

무왕의 손에 들린 나뭇가지에 권풍이 아무런 힘도 쓰지 못하고 사라졌다.

지악천은 이번엔 장력을 방출하는 동시에 격공지까지 뒤에 은밀하게 날려 보냈다.

"갈잖구나!"

무왕의 말에 신승 역시 지악천을 보며 고갤 흔들었다.

애초에 무왕이 원 안에만 있겠다고 했지 감각을 죽인다고 하진 않았으니까.

물론 상대가 상대인 만큼 통하지 않을 뿐더러 장법에 나름대로 능통한 무당과 지법에 능통하다 할 수 있는 소림의 무공을 집대성한 인물들이 다름 아닌 무왕과 신승이었으니까.

혹.

그렇게 무왕이 자신을 향해서 날아온 나름대로 묵직한 기운을 품은 장력을 고작 손을 내젓는 정도로 날려버렸다.

당연하겠지만, 그 뒤에 숨겨진 격공지까지 휩쓸려버렸다.

"이놈! 이런 잡스러운 수법이 통할 것 같더냐!"

이런 수법이 무왕에겐 너무나도 같잖았는지 살짝 화가 난 듯한 일갈에도 지악천은 움츠러들지 않았다.

애초에 나름대로 생각한 방법이 아니고 지악천은 '가늠'하고 싶었다.

앞서 무왕이 보여준 수법에 자신이 펼칠 방법이 통할지 안 통할지 가늠하기 위해서였다.

그걸 가늠하기 위해서 과하지 않는 선에서 자신이 쓸 수 있는 모든 수단을 동원했지만, 무왕은 물론이고 입고 있는 옷조차도 상처 하나 남기지 못했다.

그 사실은 너무 당연한 사실이었지만 당사자는 실망하기 마련이었다.

'역시 한참이나 부족한 걸까?'

이건 단순히 지악천의 문제라고도 할 수 있었다.

지악천과 다르게 강성중, 후포성, 제갈 남매는 무왕과 신승을 보자마자 경외심을 가졌지만, 지악천은 그런 것이 없기 때문이었다.

그들은 활동하면서 그들이 이룬 역사와 업적을 이해했기에 경외하지만, 지악천은 우내삼성이라는 이름만 알고 있을 뿐이었다.

그래서 더 겁 없이 이런 식으로 행동할 수 있었다.

반대로 무왕은 지악천의 계속된 행동을 오히려 자신을 자극하려는 것으로 인지했다.

한편 신승은 일찍이 지악천과 무림인들은 다른 사람이라는 것을 인지했지만, 무왕은 그러지 못했다는 사실 역시 알면서 지금의 상황을 지켜보고 있었다.

무왕은 신승의 생각대로 지악천을 너무 무인으로만 생각하고 있었다.

"후우……."

숨을 깊게 들이마셨다가 내뱉은 지악천은 지금까지 자신이 펼친 공세를 떠올릴수록 살짝 허망한 느낌만 들었다.

자신이 펼칠 방법이 모조리 파훼 당했으니 어쩔 수 없었다.

"다 했나?"

여전히 나뭇가지를 들고 있는 무왕의 말에 지악천이 어정쩡한 미소를 지었다.

"어…… 음."

"그만 됐다. 시간 낭비 같으니 내일 같은 시간에 다시 하지."

지악천의 모습에 이 이상은 의미가 없다고 생각한 무왕이 그대로 돌아서서 고갤 흔들며 빠졌다.

그리고 지악천이 생각을 정리하기도 전에 신승이 그 빈자리를 메웠다.

"말코가 왜 그리 실망했는지 알겠는가?"

신승의 말에 지악천은 고개를 흔들었다.

"모르겠습니다. 저는 제가 할 수 있는 걸 다 했다고 생각했습니다만."

"맞네. 지켜보고 있던 내가 봐도 자넨 자신이 할 수 있는 건 선을 넘지 않는 선에서 다 했다고 보네. 하지만 그가 원한 건 그 이상이지."

"그 이상 말입니까?"

그 말에 신승은 가벼운 미소를 유지하며 끄덕였다.

"그렇지. 그 이상. 자네는 우내삼성의 무왕이라고 불리는 이가 겨우 자네를 상대로 다칠 것처럼 보였나? 만약 그렇게 생각했다면 너무 자신감이 넘친다고 봐야겠

지. 아니면 차이를 제대로 인지하지 못해서 생길 문제
일 수도 있고."

"……."

신승의 말대로 지악천이 다시금 되새겨보니 확실히
그런 감이 없지 않은 듯했다.

처음에 무왕이 자신의 주먹을 튕겨내는 순간부터 그
렇게 된 거 같았다.

'정말 등신처럼 굴었네. 매번 다른 이들에게 실전처럼
하라고 해놓고 정작 나는 그러지 못하고 있었으니.'

이제야 자신이 한 짓거리가 무왕에겐 어떻게 보였을
지 이해한 지악천은 입을 꾹 다물 수밖에 없었다.

"흘흘. 지금이라도 이해했으면 다행 아닌가? 이렇게
하나하나 배워나가는 거지. 그게 말 그대로의 배움 아
니겠나. 다 좋은 경험이라고 생각하게나."

"알겠습니다. 한데 대사께서는 저에게 뭘 가르치려고
하시는 겁니까?"

"흘흘. 가르칠 것보다 자네가 부족하다고 느끼는 걸
얘기해보겠는가? 그중에 내가 자네에게 도움을 줄 수
있는 게 있지 않겠는가."

"대사님. 솔직하게 저는 제가 무엇이 부족하고 무엇
이 필요한지 제대로 모릅니다. 무공에 대해서 깊은 지
식도 없기도 하고, 얼마 전까지만 해도 무공의 무자도

몰랐으며, 기초조차도 모르던 사람이었을 정도였습니다. 제가 가진 것이라곤 몇 가지 무공과 대략 3갑자 조금 넘는 내공과 영물들에게 취한 냉기와 화기를 가졌을 뿐입니다. 그런 저에게 무엇이 부족하냐는 물음은 너무나도 클 수밖에 없습니다."

대놓고 눈에 나에 대해서 보입니다. 라고 할 순 없었기에 지악천은 이렇게 말할 수밖에 없었다.

"흘흘. 그렇군. 나 역시도 자넬 무림인으로 보진 않았지만, 그래도 한편으로 '무인'으로 보고 있긴 했군. 흘흘. 미안하구먼."

신승은 지악천이 말하고자 하는 요지를 단박에 이해했다.

"모든 것이 부족하다. 사실 크게 본다면 자네와 내가 아는 것은 크게 차이나지 않을 것이네. 다만, 아는 것에 대한 '깊이'의 차이는 크겠지. 내가 살아온 세월과 자네가 살아온 세월의 차이가 명백하게 크니까. 내가 자네의 수준을 깊게 만들어 줄 순 없네. 그건 단시간에 만들어지는 것이 아니기에."

그 말에 지악천이 알겠다는 듯이 고갤 끄덕였다.

"하지만 부족한 것은 채울 수 있게 내가 도와줄 수 있네. 내가 알려주는 것을 이해하고 흡수하면서 더 깊게 들어가는 것은 오롯이 자네의 능력에 달렸다고 해야겠지만. 뭐, 당장 하자는 건 아니고 일단 말코와 하는 걸 보고 자네에게 부족한 것이 무엇인지 판단해보도록 하지. 그리고 자네가 부족하다고 생각하는 것과 내가 부족하다고 생각하는 것을 다 해보는 것으로 하지."

천천히 가자는 신승의 말에 지악천은 이해했다.

1년이라는 시간에서 이제 며칠 지났을 뿐인데 벌써 조급함을 느낄 필요는 없었다.

그렇게 다시 하루가 지난 후 지악천은 다시금 무왕과 마주했다.

"어제와 똑같이 한다."

무왕은 군말 없이 어제처럼 바닥에 원을 그리고 어제 쓰던 나뭇가지를 계속 손에 쥐고 있었다.

그런 무왕을 보는 지악천의 눈빛은 어제와 달라져 있었다.

그 후로 열흘이 지난 지금 지악천의 얼굴에는 독기가 가득 차올라 있었다.

'하……'

겉으로 한숨도 내뱉지 못할 정도로 지악천은 몰려 있었다.

정말 나름대로 모든 걸 다 쏟아냈다고 생각할 만큼 많은 것을 시도했지만, 결과는 번번이 실패였다.

냉기와 화기는 물론이고 단전에 있는 내공을 전부 다

쏟아내듯이 공세를 펼쳤지만, 원 안에 있는 무왕은 물론이고 그가 쥐고 있는 나뭇가지를 부러뜨리지도 못했다.

오죽하면 시간이 지나 꺾은 나뭇가지가 퍼석해져서 새로 교체한 게 닷새만이었을 정도였다.

그리고 오늘도 새로 꺾은 나뭇가지를 쥔 무왕이 손을 까딱거렸다.

"어제와 다른 모습을 기대하지. 와라."

기대한다는 말과 다르게 무왕의 목소리는 너무나도 감정이 메말라 있었다.

마치 아무런 기대도 하지 않는다는 듯이.

물론 지악천만 그렇게 들었다.

무왕의 태도는 첫날이나 지금이나 별로 달라진 게 없었다.

가끔 몇 마디 툭툭 던지면서 묵묵하게 지악천이 펼치는 공세를 그저 가볍게 툭툭 막아낼 뿐이었다.

그 과정에 심신이 소모될 이유도 없었다.

하지만 열흘에 걸쳐서 많다면 많은 것을 본 무왕은 지악천의 단점을 하나 발견할 수 있었다.

'여전히 묘한 여유와 조급함이 함께 있군.'

물론 지금은 그런 모습을 찾을 순 없었지만, 처음과 이틀날만 기준으로 한다면 분명 지악천은 무왕으로서 이해하지 못할 여유와 조급함을 동시에 가지고 있었다.

물론 그 여유와 조급함은 이후에 신승과 대화를 나누면서 조금은 해소됐지만, 그래도 아직 이해되지 않는 많은 부분이 남아 있었다.

보통 지금과 같은 상황에서 무왕은 지악천이 열흘씩이나 자신에게 덤벼드는 자체도 큰 용기가 있다고 판단했다.

그가 지악천을 죽이려고 하는 것도 아니기에 부담이야 적을 것이다.

그러나 압도적인 격의 차이가 두드러지는 상대를 앞에 두고 그러기가 쉽지 않다는 게 일반적이었으니까.

물론 열흘씩이나 자신에게 아무것도 하지 이뤄내지 못했다고 지악천을 다그치거나 독촉할 생각은 추호도 없었다.

열흘 동안 봐온 것만으로도 지악천이 무슨 생각으로 어떻게 무공을 펼쳐나가는지 대부분 이해했기 때문에.

쿵!

내공이 잔뜩 들어찬 지악천의 진각이 깊은 발자국을 남기며 앞으로 쏘아져 나갔다.

우우웅!

단 한 번의 진각에 일직선으로 나뭇가지를 들고 있는

무왕을 향해서 날아드는 지악천은 움직임과는 다르게 아주 가볍게 팔을 뻗었다가 다시 회수했다.

그리고 강하게 땅을 박차 빠르게 한 바퀴 돌면서 오른발로 내려찍었다.

물론 지악천의 목적은 무왕이 아니고 그가 들고 있는 나뭇가지였다.

열흘 동안 그렇게 별의별 짓을 다 해봤지만, 단 한 번도 나뭇가지를 부러뜨리지 못했으니 자존심이 이만저만 상한 게 아니었다.

'이번엔 기필코!'

물론 지악천은 그렇게 생각했지만, 그 나뭇가지를 쥐고 있는 사람이 누구인가가 문제였다.

무왕의 눈엔 지악천의 행동은 그저 재롱에 불과하다는 듯이, 무왕은 나뭇가지의 끝을 내려찍는 지악천의 오른발 뒤꿈치에 오히려 갖다 댔다.

누가 이기는지 실험이라도 하겠다는 듯이.

쿵!

발뒤꿈치와 나뭇가지가 부딪히는 소리치고는 묵직한 소리가 울렸다.

그리고 그 순간에 지악천은 다시 역방향으로 몸을 빠르게 회전시켰다.

땅에 두 다리를 딛기 무섭게 내공을 가득 담은 손날이

나뭇가지의 측면을 노리고 들어갔다.

어차피 정면 승부는 이제까지 해봐서 안 될 것이라고 예상했기에 다음을 미리 준비했던 모양이었다.

하지만 그런 지악천의 공세는 아주 부드럽게 손목만을 돌려서 대응하는 무왕의 반응에 막혔다.

투웅.

'또냐!'

지악천 역시 열흘 동안 수십 번을 넘게 당했던 수법이었기에 이제는 마치 기다렸다는 듯이 역으로 밀려오는 반동을 제어해낼 수준까지 익숙해진 상태였다.

그리고 이제까지 단 한 번의 기회를 노리기 위해서 계속해서 당해주고 있었다.

'단 한 번만 노릴 수 있다.'

그렇기에 가장 시의적절한 순간을 기다리는 게 최선이라고 할 수 있었다.

하지만 지악천에게 노림수가 있단 사실을 무왕은 알고 있었다.

세월의 힘이라고 할 수 있는 무수한 경험이 무왕에게 존재했다.

물론 지악천이 뭘 노리는지는 명확하진 않지만, 몇 가지로 선별할 수 있었다.

그렇기에 무왕도 일부러 같은 수법을 반복적으로 쓰

면서 뭘 노리는지 알아내려고 했다.

그런 그들을 신승은 흥미진진한 표정으로 탁주를 마시며 지켜보고 있었다.

'흘흘. 재미있군. 재미있어. 노림수를 가지고 있는 자와 노림수가 뭔지 알아내려고 하는 자의 싸움이라. 흘흘.'

신승은 제삼자의 눈으로 그들을 보니 서로가 뭘 하려고 하는지 뻔히 볼 수 있었다.

이미 지악천과는 대화를 통해서 성격과 성향을 어느 정도 파악했고 무왕이야 그동안 보고 지낸 세월이 있기에 말하지 않아도 뻔히 보였다.

땅에 비스듬하게 붙어 있는 지악천의 양발 중 앞서 있는 왼발이 틀어지는 순간 몸도 같이 틀어지기 시작했다.

부웅!

그렇게 몸이 틀어지는 힘을 이용해서 오른발을 그대로 휘두른 지악천이 축이 되는 왼발에 힘을 주며 그대로 발목 힘을 이용해서 몸을 튕겨냈다.

다소 기괴한 자세로 공중에 뜬 지악천은 양팔을 휘둘러 몸을 회전시키면서 땅을 보던 상태에서 하늘을 보게 했다.

지악천의 기괴한 행동에 무표정으로 일관하던 무왕의

왼쪽 눈썹이 살짝 휘어져 올라갔다.

무왕은 방금 지악천이 한 행동을 전혀 이해할 수 없었다.

'저런 건 아무런 의미도 없을 텐데 뭐지?'

물론 이런 생각을 무왕이 하게 만드는 것이 목적은 아니었지만, 지악천 나름대로 무왕의 신경을 분산시켰으니 결과적으로는 나쁘지 않았다.

행위 당사자인 지악천의 얼굴이 살짝 상기돼 있었다.

그것이 부끄러워서 그런지 모를 정도로 얼굴이 살짝 붉어졌다.

그렇게 지악천이 잠시 멈춰선 순간, 그의 앞에 진한 흑갈색의 물체가 그의 이마를 향해서 날아들었다.

딱.

'응?'

엄청난 속도로 날아들어 지악천의 이마를 노리던 것과는 다르게 아주 가볍게 때려낸 그것의 정체는 무왕이 들고 있던 나뭇가지였다.

이상한 방법으로 자신을 살짝 당혹스럽게 만든 질책이 담긴 행위였다.

그리고 그 순간 지악천의 신형이 흔들렸다.

마치 지금을 기다렸다는 듯이.

지금 지악천과 무왕의 거리는 그렇게 멀지도 가깝지

도 않은 수준이었다.

딱 무왕이 원 밖으로 나가지 않으면서 지악천의 이마를 향해서 팔을 뻗으면 1척의 나뭇가지가 딱 닿을 만한 수준의 거리였던 것이다.

턱!

흔들렸던 지악천의 신형이 다시금 제자리를 찾는가 싶더니 어느새 나뭇가지를 양손으로 붙잡았다.

본래 준비했던 것과는 다르게 진행되긴 했지만, 결과적으로는 거의 목적에 도달했다고 볼 수 있었다.

이제까지 단 한 번도 무왕의 손에 쥔 나뭇가지를 붙잡아 본 적이 없었으니까.

꾸우욱!

얇은 나뭇가지를 양손으로 붙잡은 지악천은 절대 놔 줄 생각이 없다는 뜻을 강하게 발산하고 있었다.

하지만 그것도 잠시, 의외의 상황에 지악천은 당황했다.

휘청.

나뭇가지를 잡고는 지악천과 무왕이 힘겨루기를 하는 듯한 양상이 펼쳐질 듯했지만, 의외로 무왕이 가볍게 손을 놔버렸다.

그 순간 오히려 힘을 주고 버티려던 지악천이 도리어 쏠리는 힘에 휘청거렸다.

지악천 182

흔들린 중심을 겨우 잡은 지악천의 시선이 무왕에게로 향했다.

그런 지악천의 행동을 예상했다는 듯이 그를 바라보면서 무왕이 손을 까닥거렸다.

마치 자신은 그깟 나뭇가지 하나 없어도 상관없다는 듯이.

"원 밖으로 나를 내보내보라고 했지. 나뭇가지를 빼앗거나 부러뜨리라고 한 적은 없다."

"……."

무왕의 말이 틀리지 않기에 지악천은 굳이 말하는 것을 자제했다.

어차피 나뭇가지를 부러뜨리려고 했던 것은 자기 자신만의 목적에 불과했으니까.

물론 부러뜨리는 것이 아닌 빼앗은 셈이니 목적과는 좀 달라졌지만, 어찌 됐건 소기의 목적은 달성한 셈이라고 할 수 있었다.

소기의 목적을 달성한 만큼 그동안 바닥을 쳤던 자신감도 살짝 오른 상태였다.

그런 자신감을 가지고 무왕의 3척 거리에 선 지악천이 달려들었다.

사지를 한시도 멈추지 않고 끊임없이 놀리면서 무왕을 노렸다.

하지만 그런 지악천의 노력에도 무왕에게는 아무런 타격을 줄 수 없었다.

무왕의 양손이 지악천처럼 바쁘게 움직이지 않았음에도 딱 필요한 순간에 작은 동작으로 흘려버렸다.

사지를 쉼 없이 움직이는 지악천과 크게 대비(對比)가 될 정도로 무왕의 절제된 움직임은 그야말로 무학의 정수를 담았다는 말이 무색하지 않았다.

그렇게 무왕은 무차별적으로 날아드는 지악천의 공세를 전부 받아내고 흘려보내면서 공세를 무의미하게 만들어버렸다.

지금 지악천을 상대하는 무왕이 선보인 무공은 다름 아닌 태극권이었다.

그중 가장 기본이 되는 유능제강(柔能制剛)을 제대로 보여주고 있었다.

지금도 이렇게 경험시켜주고 있듯이 무왕은 말을 하지 않을 뿐이었지, 열흘 전부터 계속해서 이 유능제강을 지악천에게 체험하게 하고 있었다.

그렇게 시간이 흐른 뒤에 지쳐버린 지악천을 뒤로 한 채로 무왕은 언제나 그랬듯이 뒤돌아서 가버렸다.

그리고 지악천은 익숙하게 숨을 고른 뒤에 바로 운기조식에 들어갔다.

지악천이 운기조식에 들어간 걸 확인한 신승이 바로

무왕에게 다가가 탁주가 든 호리병을 건넸다.

"어때? 유능제강을 이해하는 것 같던가?"

신승의 물음에 무왕이 그를 물끄러미 바라보다가 탁주를 한 모금 마신 후에 말했다.

"…땡중. 계속해서 지켜보고 있으면서 굳이 그걸 물어보는 심보는 뭐야?"

"흘흘. 백날 지켜봐도 직접 맞댄 사람만큼 알 수 없지 않나."

"주둥이만 살았군. 그렇게 내 입으로 꼭 듣고 싶다면 말하지 못할 이유는 없지. 아직 멀었다. 그러니 땡중. 너도 슬슬 움직이는 게 좋지 않겠냐."

"흘흘. 아직 멀었지."

"쯧쯧. 겉으로만 보면 천생 사람 좋은 중으로만 보이겠지. 속내는 아주 새까맣게 어두운데 말이야."

신승의 괴팍한 성격을 그 역시 모르지 않기에 손에 쥐고 있는 탁주가 반쯤 들어차 있는 호리병을 가지고 그를 지나쳐갔다.

보통 유유상종(類類相從)하는 법이었다.

그렇게 지악천이 축융봉에 들어선 지 얼마의 시간이 흘렀다.

어느새 소서(小暑)를 지나 한여름의 무더위가 한창이

었지만, 축융봉은 한여름이라고 믿기 힘들 정도의 선 선함을 유지하고 있었다.

하지만 그런 상황에서도 지악천의 온몸은 땀으로 흠 뻑 젖은 상태였다.

"이놈아. 그런 식으로는 힘들다 했지 않았더냐."

"……."

무왕의 말에도 지악천은 대꾸 없이 얼굴에 흘러내리 는 땀을 손으로 훔쳐 털어냈다.

"유능제강이 만능이 아닌데 그걸 고집한들 의미 없다 니까!"

무왕은 자신의 말에도 계속해서 자신을 향해서 달려 드는 지악천의 모습에 이제 거의 질린 상태였다.

지악천이 유능제강을 이해하는데 걸린 시간은 정확히 1개월이었다.

짧다면 짧고 길다면 긴 시간이었지만, 그 사이 지악천 은 많이 달라지긴 했다.

딱히 경지가 오르거나 내공이 상승했다거나 그렇진 않았지만, 이론적으로 많이 좋아졌다.

매일같이 무왕과 대련하고 저녁에는 신승과 대련에 대해서 복기하니 좋아지지 않을 수가 없었다.

그 과정에 제대로 된 사량발천근(四兩拔千斤)을 체득 하는 동시에 기타 여러 가지를 배우고 익힐 수 있었다.

물론 그 과정에서 자신의 머릿속에만 있는 무공들을 제대로 정립하고 다시금 제대로 깨우칠 수 있었다.

이전에는 별말이 없던 무왕이 말이 많아졌다는 게 성과를 보여주는 증거였다.

물론 딱히 지악천의 공세가 그에게 위협적이거나 그렇진 않았지만, 빠르게 안정감을 갖추는 동시에 눈에 띄게 좋아지니 누가 뭐라 할 수 있겠는가.

물론 아직도 답답할 정도로 고집스러운 면모도 새롭게 드러나기도 했다.

물론 그것은 무왕에겐 고집으로 보이겠지만, 사실 방식의 차이라고 할 수 있는 수준이었다.

이만큼만 해도 충분하다고 생각하는 무왕과 모든 걸 제대로 하고 싶은 지악천의 차이였다.

무왕이 보기엔 배운 것을 완벽하게 숙지고 익히는 것도 좋지만, 당장 급한 것이 아니기도 했고 아직 가르칠 게 많았다.

"쯧쯧. 마음이 저만치 가 있는데 제대로 될 리가 없지 않더냐!"

무왕의 기준으로는 앞을 봐야 하는 지악천의 마음이 붕 떠 있으니 자연스럽게 급해질 수밖에 없었다고 보고 있었다.

펑!

유려한 움직임으로 공중을 빙글 돌아 떨어지는 지악천을 향해서 무왕이 장력을 방출해 그를 밀어냈다.

밀려나는 순간에 몸을 빙그르르 회전시켜 가볍게 땅에 내려서는 지악천의 동작은 그야말로 군더더기가 없는 수준이었다.

'역시 지독한 노인네야.'

속으로 중얼거리는 지악천의 마음속에는 어느덧 무왕에 대한 약간의 경외심조차 사라진지 오래였다.

딱히 지악천이 무왕의 제자도 아닐 뿐더러 매일같이 이렇게 밀리고 두들겨 맞는 판국에 좋은 감정이 있었던 것도 한 달이 최고였다.

물론 그렇다고 그를 존중하지 않는 것은 아니었다.

단지 매일같이 얼굴을 마주 보니 자연스럽게 그렇게 된 것이었다.

스윽.

그렇게 가볍게 착지한 지악천을 보며 무왕이 자연스럽게 태극권의 기수식을 취했다.

나름대로 태극권의 기수식을 지겹도록 본 지악천도 딱히 기수식이라고 할 것도 없는 무형천류(無形天流)를 펼칠 준비를 마쳤다.

쾅!

지악천의 무형천류와 무왕의 태극권이 부딪히자 주변

에 충격파가 크게 퍼졌지만, 예전과는 다르게 지악천은 밀리지 않고 있었다.

딱 양발이 땅에 닿은 상태에서 한 치도 밀리지 않았다.

그런 지악천의 모습에 무왕은 동요하지 않았다.

이미 이런 모습이 익숙했기 때문이었다.

지악천이 유능제강을 이해한 순간부터 무왕이 힘을 제대로 쓰지 않는 이상 지악천을 밀어낼 수 없었다.

거기다 틈만 나면 사량발천근을 쓰려고 시시콜콜 기회만 노리고 있었기에 굳이 힘을 제대로 쓸 생각은 적어도 지금은 없었다.

퍽퍽!

지악천의 움직임에 맞춰 무왕이 가볍게 맞대응하면서 둘의 손발이 어지럽게 움직이기 시작했다.

하지만 무왕은 여전히 자신이 그려놓은 원 밖으로는 단 한 번도 밀려난 적이 없었다.

치열하게 손발을 움직이고 있는 지악천을 상대하는 중에도 그 사실은 변하지 않았다.

콰콰쾅!

한 치의 물러섬 없이 내공이 가득 담긴 주먹을 거침없이 휘두른다.

지악천이 주먹이 빗나갈 때마다 주변에 있는 나무,

돌, 땅거죽들이 폭발하면서 주변을 쑥대밭으로 만들고 있었지만, 둘 다 그런 부분은 신경 쓰지도 않고 있었다.

그동안에 반복된 상황으로 인해서 이미 주변은 사실상 걸레짝으로 바뀐 지 오래였기에.

"핫!"

자신의 공세를 흘리고 막고 되돌려 보내는 무왕의 모습에 지악천은 기함을 터트리는 동시에 그의 발을 노렸다.

발에 맞지 않더라도 땅을 박살내서 흔들어보겠다는 계산이었다.

퍽!

하지만 그런 지악천의 계산은 이미 무왕이 산정했던 범위에 들어가는 수준에 불과했는지 가볍게 걷어 올리는 그의 발에 손바닥에서 방출된 장력은 허무하게 허공으로 날아가 버렸다.

퍼억!

그렇게 허무하게 장력을 날려버린 무왕의 발이 그대로 앞으로 뻗으면서 지악천의 가슴팍을 밀쳐내듯이 쳐내면서 밀어냈다.

그렇게 밀려난 지악천을 보며 무왕이 넌 아직 한참 멀었다는 옅은 미소와 동시에 고개를 흔들었다.

화를 내지 않으려고 해도 그런 표정을 보니 화가 나지

않을 수가 없었다.

잘근잘근.

아랫입술을 잘근 씹은 지악천이 선택한 것은 검이었다.

처음에는 권장지각(拳掌指脚)을 위주로 썼다면 최근 며칠 사이에는 검을 들기 시작했다.

지악천이 검을 들었다고 한들 무왕이 움츠러들거나 그러진 않았다.

지악천을 보는 무왕의 표정은 흥이 넘치고 있었다.

특히 지악천이 들고 있을 때는 더욱 그러한 표정이 자연스럽게 나오고 있었다.

지악천이 펼치는 번천구검(□天九劍)과 유성검(流星劍)은 새롭기도 했지만, 자신이 모르는 무공을 경험한다는 것에 아주 큰 희열을 느끼고 있었다.

"자! 와라!"

잔뜩 상기된 표정으로 외치는 무왕의 모습이 익숙해질 만도 했지만, 여전히 눈살을 찌푸리게 만들고 있었다.

겉모습은 크게 노화된 티가 없지만, 머리카락은 백발이 형형했기에 그런 모습은 다소 기괴하게 비쳤다.

뽑아 든 지악천의 검에서 옅은 아지랑이가 피어오르기 시작했다.

간 볼 필요도 없다는 듯이 검기부터 끌어올린 지악천
이 보법을 밟기 시작했다.

환영구보(換影九步)의 기민한 움직임을 통한 뭔가를
얻어내기에는 이미 무왕에게 많은 것을 보여줬기에 이
번에 지악천이 선택한 방법은 면(面)이었다.

직선적으로 한곳을 노리는 점(点)이 아닌 넓게 노리겠
다는 심산이었다.

그렇게 검기가 만들어진 검에 더 많은 내공을 주입하
자 검기의 끝부분이 서서히 갈라지기 시작했다.

그것은 검사(劍絲)라 불리는 검기 가닥이었다.

초절정이라는 경지가 무색하게 검사에 완숙하지 않은
지악천이기에 많은 내공이 소모되는 것은 어쩔 수 없는
현상이었다.

하지만 한 올 한 올, 마치 살아 있는 듯이 움직이는 느
낌을 주는 검사가 보여주는 모습은 가히 압도적이었
다.

보통 10가닥에서 20가닥이면 충분하다고 알려져 있
었지만, 지악천이 갈라낸 검사 가닥은 빽빽한 느낌을
주었다.

대충 세어 봐도 100가닥쯤은 돼 보일 정도였다.

"미친……."

그 모습을 보고 있던 무왕에게서 상기된 표정이 사라

지고 실소가 흘러나올 정도였다.

지악천이 만들어낸 검사는 그가 보기엔 쓰임새가 합리적이지도 않고 너무나도 소모적인 형태였다.

누가 봐도 상당량의 내공을 소모했다는 걸 대놓고 보여주는 셈이었으니까 말이다.

그렇게 검사를 뽑아낸 지악천의 이마에는 땀이 흐르기 시작했다.

일순간에 많은 양의 검사를 뽑아내는데 집중하기도 했지만, 당장 빠르게 소모되는 내공의 압박이 컸다.

그렇게 한 차례 숨을 고른 지악천이 다시금 발을 움직이기 시작했다.

횡으로 검을 움직이자 주변의 대기가 같이 쓸려나가는 섬뜩한 소리가 동반되며 무왕을 향해서 날아들었다.

촤아악! 쾅!

지악천의 검사와 무왕의 주먹이 부딪히면서 주변에 굴러다니던 돌들이 한 번에 싹 바깥으로 밀려났다.

하지만 지악천과 무왕은 전혀 밀리지 않고 마주보고 있었다.

'큭!'

격돌에서 밀리진 않았지만, 지악천이 입은 충격은 적지 않은 모양이었다.

앞서 많은 내공을 끌어올려 검사를 뽑아냈기에 내부를 보호하는데 쓸 내공의 총량이 모자란 탓이었다.

그리고 그런 아주 잠깐의 주춤거리는 시간은 무왕에겐 아주 긴 시간이라고 할 수 있었다.

"욕심이 과하면 독이 되는 법이다."

며칠간 정양시키겠다는 심산인지 그대로 자신의 앞에 있는 검사를 주먹으로 후려치며 지악천을 완전히 밀어내려고 했다.

쾅!

지악천을 밀어내려고 검사를 후려쳤던 무왕은 밀려나지 않은 그를 보며 눈살을 찌푸렸다.

하지만 이내 그 찌푸렸던 것을 반대로 크게 떴다.

우우웅!

무왕이 검사를 두들긴 순간 퍼져 있던 검사가 모여들면서 검명이 울리기 시작했다.

지악천이 지금 쓰는 검은 무왕 자신이 줬던 검이라는 것을 잘 알기에 눈은 다시금 더 커졌다.

자신의 손에 있을 때조차, 저만한 검명을 낸 적이 없었기 때문이다.

'저런 검명을 토해낼 줄이야.'

오랫동안 자신의 손때가 탔던 검이 지악천의 손에 들어가 저런 검명을 토해내니 묘하게 기분이 이상했다.

그런 이상한 기분을 유지한 채로 검명을 토해내는 지악천이 쥐고 있는 검을 보는 순간 변화가 시작했다.

우웅! 우웅! 우우웅! 우우우웅!

지악천이 쥐고 있는 검에 뻗쳐 있던 검사가 점점 검의 형태를 띠기 시작했다.

계속해서 검명이 검사의 움직임에 맞춰서 울기 시작하자, 무왕이 다급한 표정을 외쳤다.

"가아아알!"

무왕의 다급한 감정이 담긴 노호성이 축융봉을 크게 흔들었다.

그런 무왕의 노호성을 가장 가까이에서 들은 지악천의 눈은 자신의 손에 들린 검에만 가 있다가 정신을 차렸는지 무왕을 향했다.

"어……?"

무왕의 노호성에 서서히 모이고 있던 검사는 온데간데없이 사라진 상황이었다.

"쯧. 그만하고 텅 빈 단전이나 채워라."

"예?"

지악천의 영문을 모르겠다는 표정을 본 무왕의 얼굴이 살짝 굳었다.

"지금 네 녀석의 단전이나 확인해보고 말해라. 쯧쯧."

그 말이 끝나고 곧바로 자릴 벗어나는 무왕의 모습을 멍하니 잠시 바라보다가 그의 말대로 단전을 확인했다.

'허… 진짜 전부 다 써버렸잖아?'

지악천은 지금 상황을 이해하지 못하고 있었다.

워낙에 한순간에 일어난 일이기도 했지만, 검사가 합쳐지는 순간의 일을 전혀 기억하지 못하고 있었다.

무왕이 지악천이 그대로 뒀다면 최소 단전에 큰 타격을 받을 수 있었던 상황이었다.

심하면 그대로 주화입마에 빠질 수도 있던 상황이었다.

하지만 그런 사실을 지악천이 알 리가 만무했고, 당장 텅 빈 단전을 채우기 위해서 운기조식에 집중할 뿐이었다.

같은 시각, 다소 엉망이 된 축융봉에 신승과 그를 따라갔던 백촉이 모습을 드러냈다.

"어이구. 더 엉망이 됐군."

하지만 그의 표정은 말과는 달랐다.

아주 흥미진진해진 상태였다.

"가서 항상 뒀던 곳에 두어라."

신승의 말에 입에 사슴을 물고 있던 백촉이 빠르게 움직였다.

그리고 신승은 등에 짊어진 면포를 살짝 내려놨다.

자신의 몸만 한 면포를 풀자, 안에는 여러 가지 술이 담긴 호리병과 다른 부식(副食)들이 한가득 들어 있었다.

그가 대충 종류별로 분류하는 사이에 사라졌던 무왕이 조용하게 다가왔다.

"귀신도 아닌데 그리 돌아다닐 필요가 있나?"

애초에 속이려고 했던 것이 아니기에 무왕은 그의 말을 그다지 신경 쓰지 않았다.

"녀석이 벌써 검사를 결집하는 단계에 닿았다."

"음? 솔직히 오히려 늦었다고 해야 하지 않나."

"……."

무왕의 침묵에도 신승은 가볍게 미소를 지으며 계속해서 빠르게 부식들을 분류하고 있었다.

"뭐, 그렇다니 아무튼 축하할 일이구먼."

"녀석을 어디까지 끌어올릴 속셈이냐?"

무왕의 물음에 신승이 어깨를 으쓱거렸다.

"음. 어디까지 올라갈 수 있을지는 본인에게 달린 것이 아닌가. 백날 가르친다고 해도 제대로 이해하지 못하면 아무 의미가 없기도 하고."

신승의 말은 어디까지나 원론적인 이야기에 불과했지만, 지금 상황에선 가장 적절한 말이기도 했다.

"무공 자체는 거의 끝자락에 닿은 듯하다. 만약 그보다 뛰어난 무공이 없다면 새롭게 준비를 해주든가 해야 하지 않나?"

"필요하다면 그렇게 하면 될 일 아닌가. 나나 자네의 사문이 아닌 무적자들의 무공은 충분히 알지 않나? 필요하다면 그것들을 가르치면 될 일이지. 안 그런가?"

"……."

신승의 말에 무왕의 눈이 스산해졌다.

둘은 오랫동안 살아오면서 일인전승(一人傳承) 무공들을 상당수 접했다.

개중에선 비인부전(非人不傳)이거나 불가해(不可解)한 무공도 있었고, 일인전승 무공들은 적당한 이가 없으면 아예 세상에서 지워달라는 무공도 없지 않았다.

또한 정말 인간으로서 극한의 경험이 없다면 익히지 못하는 무공이 대다수이며, 그나마 멀쩡하다 싶은 무공들은 지악천에게 맞지 않았다.

"왜 그러나? 적당한 게 없다고 생각하나?"

신승의 말에 무왕 역시 떠오르는 무공들이 없진 않았다.

하지만 하나같이 익히는데 위험하면서도 자신조차 이해하기 힘든 무공들이 태반이었기에 주저할 수밖에 없었다.

자칫하면 한 사람의 인생을 송두리째 바꿀 수 있기에.

"위험하다고 생각하지 않나?"

"어차피 전부 다 어디다 기재할 수도 없고 누군가에겐 전달해야 하는 무공 아닌가. 그 누군가가 아니라고 할 수 없으니까."

"땡중… 불가해 무공들이다. 나나 너도 제대로 이해하지 못한 무공들이 태반이다."

"알지. 알다마다. 하지만, 우리가 익히지 못했다고 다른 누군가 역시 그러라는 법이 있겠는가. 그리고 어차피 그것들을 사장(死藏)시킬 생각이 없다면 그 누구와도 관계되지 않은 이가 이렇게 있지 않은가. 그 무공을 익히든 익히지 않든 선택에 맡기는 것이지."

확실히 신승의 말은 일리가 있었다.

자신들이 천년만년 살 수 있는 것이 아닌 이상 누군가에게 전달해야 했다.

다만, 무왕과 신승은 그것들을 자신들의 사문에 남기기 싫었다.

일반적으로 불가해 무공을 손댄 이들의 인생은 대부분 비슷했다.

일생을 바쳐 불가해 무공을 이해하기 위해서 노력하지만, 실제로 그 끝은 대부분 두 가지로 귀결됐다.

죽거나 폐인이 되거나.

그렇기에 무왕은 지악천에게 그런 불가해 무공들을 전하자는 신승의 말에 주저할 수밖에 없었다.

자신 역시 일대종사(一代宗師)의 반열에 오르기 전에 불가해 무공들을 접했다면 그 역시 비슷한 처지가 됐을 테니까.

"알겠다. 땡중. 그리고 할 거면 네가 해라. 내가 알고 있는 내용이 네가 알고 있는 내용과 다르지 않을 테니까. 놈에게는 열흘 후에 보자고 하고."

무왕의 말에 신승은 작게 고갤 끄덕였다.

"그렇게 하지."

일말의 고민도 없이 고갤 끄덕이는 신승의 모습에 무왕은 살짝 눈살을 찌푸리며 돌아서서 사라졌다.

한창 신승과 무왕이 대화를 나누고 있던 시각, 운기조식하면서 축기 중인 지악천은 아까의 상황을 떠올려보려고 노력했다.

검사를 뽑아낸 후에 무왕과 공방을 펼치던 것까지는 떠올릴 수 있었다.

하지만 그 이후에 대한 기억이 사라져버렸다.

'도대체 그때 무슨 일이 생겼던 거지?'

거기다 무슨 일이 생긴 것인지 말을 안 해주는 무왕 때문에 답답함이 더해지니 더 궁금해질 수밖에 없었다.

하지만 지금은 운기조식에 집중할 때라 상념을 빠르게 떨쳐냈다.

그렇게 한참을 운기조식하던 지악천은 몰랐지만, 그의 주변에 삼색의 아지랑이가 피어오르고 있었다.

하얀색의 냉기, 청색의 내기, 붉은색의 화기.

삼색의 아지랑이가 섞일 만도 했지만, 자신들의 존재감을 뿜어내며 서로를 견제하는 듯했다.

정확하게는 중심에 있는 청색의 내기가 한쪽으로 쏠리지 않게 마치 냉기와 화기가 붙잡고 있는 듯한 모양새에 가깝긴 했다.

그렇게 한참을 아지랑이들이 실랑이하다가 빠르게 지악천의 몸으로 흡수되기 시작했다.

그렇게 아지랑이들이 거의 흡수되기 직전에 지악천의 머리 위에 삼색의 기운이 뭉치더니 마치 한 줄의 두꺼운 밧줄처럼 변하기 시작했다.

그렇게 밧줄처럼 변한 삼색의 기운들이 거의 다 흡수돼가던 순간, 그 밧줄처럼 변한 삼색의 기운들의 끝은 약간 뭉툭하게 변해 있었다.

그렇게 뭉툭한 삼색의 기운 끄트머리가 마치 뱀처럼 흔들거리기 시작했다.

계속해서 상대를 견제하듯이.

그리고 그렇게 빨려 들어가듯이 흡수되던 기운들의

뭉툭한 끄트머리들의 모습이 제대로 보이기 시작했다.

그 모습은 흡사 뱀에 가까웠다.

지금 지악천에게 일어난 현상은 적사투관(赤蛇透關). 아니, 삼색사투관(三色蛇透關)이라고 명명(命名)해야 하는 상황이었다.

본래 오기조원(五气朝元)이나, 삼화취정(三花聚顶)을 먼저 이뤘어야 했지만, 일전에 겪었던 환골탈태와 지악천의 혈도에 머물면서 마치 의지를 가진 것처럼 움직이는 적저와 혈안백묘의 기운들 때문이었다.

아무도 지켜보지 않았기에 이런 기현상을 누구도 발견하지 못했다는 게 어찌 보면 다행이라고 할 수 있을 정도였다.

지금 지악천에게 가장 필요한 단계를 건너뛴 상황이라 다시 돌아가야 했다.

그렇게 흡수돼가던 뱀의 형상들의 모습이 완전히 사라지자 지악천이 눈을 떴다.

지악천의 눈에선 밝은 안광이 일순간 뿜어지다가 사라졌다.

'음?'

운기조식을 끝내고 개운한 마음으로 숨을 크게 들이마셨다가 내뱉던 그는 묘한 느낌을 받았다.

'뭐지?'

가볍게 숨을 들이마시는 것조차 뭔가가 이전보다 자연스러워진 느낌이었다.

왜 그런 느낌이 드는 이유까진 알지 못했다.

자리에서 일어나 가볍게 팔다리를 흔들자, 그 자연스러워진 느낌을 한층 더 강하게 느껴졌다.

이런 몸 상태는 이제까지 단 한 번밖에 느껴보지 못한 감각과 유사했다.

바로 환골탈태한 후에 들었던 느낌이었다.

한없이 부드러워진 근육, 관절의 유연성, 가볍게 주먹을 쥐었을 때 느껴지는 힘이 오늘 더 좋으면 좋았지 나쁘지 않았다.

스릉.

가볍게 검을 뽑아 든 지악천이 그대로 평상시라면 절대 하지 않을 동작으로 검을 뻗었다.

슈슉! 슉슉!

검을 찔러 넣는 동시에 몸을 회전시키며 가속도와 회전력에 손목을 비틀면서 힘까지 싣는 동작을 펼치는데, 아무런 불편함을 느끼지 못할 정도로 몸 상태가 최상이었다.

"와, 미쳤는데?"

자신의 몸 상태에 감탄사를 내뱉을 정도로 지금 지악천의 감각은 최고조에 달해 있었다.

스스로 믿기 힘들 정도의 쾌조의 상태는 지악천을 더욱더 움직이게 했다.

부웅! 샤샥! 후웅!

손목과 온몸을 움직이면서 유성검을 펼치는 지악천의 모습은 그 어떤 때보다 자연스러웠고 동시에 강대한 힘을 뿜어내고 있었다.

이전까진 단 한 번도 볼 수 없었던 모습이었다.

거의 무아지경에 가까운 수준으로 유성검을 펼치고 있던 지악천을 멀리서 바라보고 있던 무왕은 다시금 눈살을 찌푸렸다.

'나를 상대로 실력을 숨기고 있었다고?'

무왕이 그렇게 느낄 만할 정도로 지금 지악천이 보여 주고 있는 모습은 절대 초절정이라고 할 수 없을 정도의 위압감을 주변에 폭사하고 있었다.

그렇게 한참을 유성검을 펼치고 있던 지악천이 머릿속에 맴도는 유성검의 마지막 구결을 떠올리며 움직이는 순간 변화가 시작됐다.

쑤우욱!

'어!?'

마지막 구결을 따라 검을 미지의 대상을 향해서 움직이던 순간, 조금씩 소모되던 내공이 한순간 뭉텅이로 빨려나가는 느낌이 들었다.

지악천

204

의문이 떠올랐지만, 멈출 순 없었다.

내공이 빨려나가는 느낌이 들더니 지악천이 마지막으로 마치 미지의 적을 일도양단(一刀兩斷)하겠다는 듯이 어느새 검을 양수로 잡은 채로 그대로 내려찍었다.

후우웅! 콰아아아앙!

지악천의 검이 그대로 위에서 아래로 내려찍는 순간 주변의 공기들이 밖으로 밀려나갔다.

동시에 마치 벽력탄을 터트린 듯한 소리가 축융봉 전체를 잠식했다.

"아."

단말마의 탄성을 내뱉으며 고갤 돌려 주변을 훑어본 후에 한숨을 내뱉었다.

"휴……."

크게 울린 소리와 다르게 주변에 생긴 여파는 그리 크지 않았다.

아무래도 땅에 닿기 전에 멈춘 탓이었다.

그렇게 멈춘 상태에서 손을 들어올리며 검을 바라봤다.

'어……?'

지악천이 바라보는 곳엔 약간 오묘한 색의 검기가 검을 감싸고 있었다.

그 색은 본래 지악천의 검기의 색이 아니었다.

붉은 거 같기도 하고 파란 거 같기도 하고 어느 순간에는 투명해지기고도 했다.

거기다 방금 같은 동작을 펼쳤을 경우 이전이라면 단전에서 내공이 절반쯤 사라졌어도 이상하지 않을 정도였는데 지금은 티도 나지 않았다.

당사자인 지악천이 가장 당황할 정도로 내공은 아무렇지도 않았다.

'뭐지? 나 미친 건가?'

그렇게 생각할 만할 정도로 지악천의 단전에 들어찬 내공은 굳건했다.

단전이 넓어지지도 않았는데도 뭔가 부족함 없이 돌아가는 듯했다.

지악천이 삼색사투관의 현상을 겪은 게 크게 변화를 일으킨 모양이었지만, 당사자는 자신에게 무슨 일이 일어난 것인지 전혀 알지 못했다.

그렇게 자신에게 무슨 일이 벌어진 건지 이해하지 못했기에 지악천은 자신의 상태를 보여주는 글귀를 띄웠다.

[성명: 지악천(池樂天) 별호: 묘(猫)포두, 악귀, 대(大)포두

소속: 남악현청 직책: 포두(捕頭)

무공수위: 초절정 내공: 180년
보유 무공
심법: 삼원조화신공(三元造化神功) 9성
검법: 유성검(流星劍) 9성
권법: 무형천류(無形天流) 9성
보법: 환영구보(換影九步) 9성
신법: 무영흔(無影痕) 9성
음공: 육합전성(六合傳聲)
환골탈태(換骨奪胎)]

글귀에 확연하게 다른 점이 들어왔다.

심법을 비롯한 무공들이 전부 9성으로 올라섰다.

그리고 그것 말고도 바뀐 부분이 있었다.

'어!? 내공이 줄었잖아?'

이전에는 분명히 내공이 200년이었는데 지금은 거기서 20년 줄은 180년 내공이었다.

딱 3갑자였다.

'뭐지? 내공을 거의 다 끌어다 쓰면 설마 총량이 줄어들고 그러는 건가?'

이런 생각은 딱 지악천처럼 단전에 대해서 잘 모르는 이들이나 생각할 법한 얘기였다.

물론 지악천은 일반적인 이들과는 다르기에 일리가

있는 생각일 수도 있었다.

그리고 한 가지 더 이상한 부분을 눈치챘다.

'그러고 보니… 이번에는 9성인데도 별다른 변화가 없네? 이전까지는 9성 되면 새로운 무공을 알려줬는데? 뭔가 다른 뭔가가 필요한가?'

지악천은 자신의 상태를 보여준 글귀들을 보면서도 자신이 뭐가 부족한지 제대로 이해하지 못하고 있었다.

사실 모든 기반 준비는 다 끝난 상태였지만, 당사자인 지악천이 스스로 이해하고 깨달아야 했기에 어쩔 도리가 없었다.

'아씨…… 뭐야, 도대체.'

아무리 머리를 굴리고 또 굴려봤지만, 지악천이 가진 지식으로는 답을 도출하는 데 한계에 부딪힐 수밖에 없었다.

지악천을 바라보는 무왕과 신승 눈이 스산하게 변해 있었다.

"미쳤군. 그 말 말고는 달리 표현할 길이 없을 정도야."

무왕의 말에 동의한다는 듯이 신승 역시 고개를 끄덕였다.

둘은 지악천의 검에 씌워졌던 그것이 뭔지 알고 있었다.

그것은 다름 아닌 검기(劍氣)에서 검사(劍絲) 그리고 검강(劍剛)이 되기 직전의 모습이었다.

제대로 다듬어지지 않은 형태의 강기(罡氣)라고 할 수 있었다.

지악천은 그 기반을 다지고 있는 셈이었다.

물론 이것이 가능한 이유는 지악천이 화경을 목전에 뒀기 때문이지만, 실상은 삼원조화신공(三元造化神功)이 9성을 이뤘기에 가능했다.

그동안 지지부진했던 한 단계의 차이가 이런 큰 격차를 만들어냈다.

"자네, 내일부턴 고생 깨나 하겠어. 흘흘."

신승의 말에 무왕은 입을 다물 수밖에 없었다.

아무리 미숙한 검강이라 해도 얘기가 달라질 수밖에 없었다.

미숙해도 검강은 검강이라 자칫하면 다칠 위험성이 없지 않기 때문에 당연한 반응이었다.

그 뒤로도 계속해서 지악천은 검을 휘두를 뿐이었다.

* * *

한 사내가 자신의 앞에 있는 책상을 내려치기 무섭게 걷어차 버렸다.

쾅! 콰지직! 쿵!

"빌어먹을!"

그는 송옥자와 거래를 통해서 자신의 사람들을 남악으로 보냈던 이였다.

정확히는 송옥자와 거래했던 이의 윗사람이라고 할 수 있었다.

그로서는 화가 날 수밖에 없었다.

실패한 송옥자와 화진성이 아닌 자신에게 화가 났다.

물론 설마하니 송옥자와 화진성 둘 다 당할 줄은 생각지도 못한 부분이었다.

이미 지악천에게 한 방 맞은 경험이 있긴 했지만, 그건 어디까지나 부주의했다고 생각했으니까.

그래서 고민하고 고민해서 나온 결론이 화진성을 보내는 무리수를 두는 것이었는데도 그런 고민이 무의미할 정도로 깔끔하게 져버렸다.

불행 중 다행이라고 할 정도로 송옥자는 죽었고 화진성은 살아 있다는 얘길 보고받았지만, 사실상 죽은 것으로 치부했다.

화진성은 절대로 자신이 속한 곳을 말하지 않을 거라고 확신했다.

하지만 화진성과 함께 움직였던 이들이 문제였다.

'무조건 그놈들을 죽여야 하는데… 문제는 놈들이 제

지악천 210

갈세가에 끌려갔다는 건데.'

그는 그들이 제갈세가에 잡혀 있다고 해서 그들을 죽이지 못하는 것은 아니라고 확언할 수 있었지만, 그 과정에 들어가는 비용이 문제였다.

최근 큰 손실이 있었기에 화진성을 잃은 것이 생각 이상으로 크게 느껴졌다.

콱! 콱! 쾅! 쾅! 쾅!

"도대체! 어째서! 그깟! 포두 따위를! 못 죽이는 거야!"

앉아 있던 의자를 집어들고는 소리치며 바닥을 내려치고 있었지만, 방 밖에선 누구도 그를 말릴 생각은 없었다.

그렇게 한참 동안 들려오던 방 안의 집기들이 박살나는 소리가 서서히 잦아들자, 바깥에서 인기척이 들려왔다.

"추 총관입니다."

"……들어와."

잠깐 차오른 숨을 고른 뒤에 말하자 문이 열리면서 추총관이 들어섰다.

그리고 방 안에 집기들이 얼마나 박살났는지 빠르게 훑어본 후에 말했다.

"어찌하실 생각입니까?"

"······뭘?"

추 총관의 물음에 그는 살짝 주저했다.

"이미 이번 일이 위로 올라갔습니다. 가주님."

"뭐? 누가, 누가 전했어!?"

"잘 아시지 않습니까. 원로원의 귀가 곳곳에 있다는 것을."

"씨발! 늙은 돼지 새끼들 빨리 뒈져버리든가 하지. 귀찮게 하는군."

그는 원로원이 이번 일에 대해서 알게 됐다고 한들 크게 개의치 않는 듯했다.

"아무리 손발 다 잘려나갔다고 해도 아직 한 표의 권리가 남아 있습니다. 조금만 조심하시지요."

추 총관의 말에도 그의 생각은 변함없었다.

"안 그래도 짜증나는데 싹 다 죽여? 빌어먹을 늙은이들 다 죽이고 나도 막 죽어볼까!"

"아니, 그건 좀······."

추 총관이 말을 하는 순간 밖에서 중후한 목소리가 들려왔다.

"그으래? 어디 자신 있으면 해보지 그러더냐?"

그 목소리를 들은 가주와 추 총관의 표정이 일순간 굳었다.

'빌어먹을 상대하기 가장 귀찮은 늙은이가 왔어!'

"아하하. 빈말입니다. 빈말. 사부님."

그의 말에 열린 방 안으로 고풍스러운 복장의 노령의 노인이 들어섰다.

"빈말? 어디서 개새끼도 안 할 소릴 하고 있더냐?"

"……."

"그리고 화진성 그놈을 잃었다고 들었는데 어찌 원로원에 보고가 올라오지 않았지? 이제 막 하자는 게냐?"

그의 말에 가주가 고갤 살짝 틀면서 입술을 들썩거렸다.

아마도 앞에 있는 노인을 욕하는 모양이었다.

"이놈이! 어?!"

중얼거리는 그를 다그치려던 노인은 그제야 방 안의 풍경이 눈에 들어왔다.

"이, 이런 미친놈이! 아직도 개종자만도 못한 버릇을!"

엉망이 된 그 방은 노인이 원로원으로 옮기기 전에 쓰던 그의 방이었기에 애착이 더 컸다.

그리고 그러한 사실을 가주와 추 총관 둘 다 잘 알고 있었다.

—추 총관! 뒷일을!

그 전음을 추 총관에게 날린 가주가 이미 박살이 나서 뻥 뚫려 있는 창을 통해서 빠져나갔다.

그런 그의 뒤를 노인이 화가 잔뜩 난 표정으로 따라가

려는 순간 추 총관이 앞을 막아섰다.

"하하. 참으셔야 합니다. 이제는 가주님이십니다."

추 총관의 말에 노인은 이내 두 눈을 질끈 감고 두 손을 꽉 쥐었다.

부들부들.

주먹을 너무 꽉 쥐었는지 손이 절로 떨려왔지만, 이내 주먹이 풀리면서 떨림은 사라졌다.

"추 총관… 이번 일에 연관된 모든 것을 가져오도록. 하나도 숨김없이."

노인의 목소리에 깃든 분노를 추 총관은 감당할 자신이 없기에 그저 고개를 끄덕일 뿐이었다.

"알겠습니다."

"그리고 외원에 있는 홍무종을 불러와."

"…검수(劍殊) 말입니까?"

추 총관이 내원의 총괄이라면 홍무종은 외원을 관리하는 총관이었다.

"미친놈을 교육하는데 그만한 놈이 없으니까."

검수라고 불릴 만큼 무공도 대단히 뛰어났다.

그리고 홍무종은 추 총관과 물과 기름 같은 사이기도 했다.

둘은 절대 섞일 수 없는 종류의 사람이었다.

"알겠습니다. 외총관에게 그리 전하겠습니다."

　　　　　＊　　＊　　＊

　축융봉의 한여름은 정말 한순간에 지나갔다.

　아직 입추도 아닌데 주변이 노랗게 물들기 시작하는
모습에 가을이 다가오고 있다는 걸 느낄 수 있었다.

　하지만 축융봉에 있는 이들은 그런 변화에 그다지 관
심 없었다.

　콰콰쾅!

　"아씨!"

　지악천의 일 검에 굉음이 울리는 동시에 입에서 아쉬
움이 가득한 탄식이 흘러나왔다.

　지악천의 시선은 자신의 검이 아닌 무왕을 향해 있었
다.

　"그 정도론 어림도 없다."

　이미 가히 기백에 가까운 대련으로 인해서 지악천이
무공을 펼치는 특징을 이미 전부 다 꿰뚫어본 상황이기
에 당연히 평범한 수법은 통하지 않았다.

　물론 아주 가끔 변칙적인 수가 나오긴 했지만, 한시도
긴장을 놓지 않고 있는 무왕에겐 그다지 문제없었다.

　지악천이 손잡이를 역수로 잡아 낮고 빠르게 무왕에
게 달려들며 그의 가슴팍을 노리고 공기를 짓이길 수준

으로 휘둘렀다.

쐐애애액! 촤악!

콰아아앙!

바닥을 울리는 충격파가 이전보다 더 크게 울렸지만, 무왕에겐 별다른 충격은 없었다.

"내공으로 만들어진 강기는 위력이 떨어진다고 하니까 이젠 내공을 더 밀어 넣는 것이더냐?"

무왕은 이전의 여파와 지금의 여파가 격이 다르다는 걸 느끼곤 지적했다.

지악천은 듣지 않겠다는 듯이 빠르게 검을 휘두르며 무왕을 압박했다.

지악천의 검이 빠르게 움직이고 있지만, 무왕은 간결한 움직임만으로 가볍게 피해내고 있었다.

촤라라락! 퍽!

어지럽게 날아드는 지악천의 검을 피해내면서 발로 지악천의 어깨를 밀어냈다.

"그렇게 무모하게 공격해봤자, 무의미하다고 누차 얘기했던 것 아니더냐!"

지악천의 귀를 후려치는 듯한 무왕의 호통이 울렸다.

하지만 지악천은 아랑곳하지 않고 더 이를 악물고 단전에 있는 내공을 끌어올려 힘과 속도를 올리며 무왕을 향해서 검을 휘두를 뿐이었다.

물론 마냥 멍청하게 검을 휘두르기만 하던 때는 지났고 지악천 역시 계산하는 법을 조금씩 체득해나가고 있었다.

무왕을 기준으로 본다면 지악천의 차이는 가히 무한대에 가까울 정도의 격차였다.

그렇기에 지악천은 자신이 할 수 있는 것과 자신이 할 수 없는 것을 나누는 수준의 계산이 필요했다.

사실 무한대에 가까운 격차를 좁히려면 계산보다는 실전으로 무왕의 경지를 따라잡는 게 더 빠르지만, 그건 어디까지나 서로의 목숨을 건 생사결일 때나 적용되는 것이다.

지금은 대련이니 얼마든지 허용 범위에 들어가는 계산을 할 수 있었다.

번천구검(□天九劍)과 유성검(流星劍)을 섞어 쓰기 시작하면서 지악천의 검은 큰 변화를 가져왔다.

그러나 당장은 큰 효과를 보지 못하고 있었다.

번천구검의 자유로운 변화와 유성검의 파괴력을 섞으려고 했지만, 아직은 따로 놀고 있다는 느낌이 강했다.

물론 그런 생각을 지악천만 하는 게 아니었고 무왕과 신승 역시 비슷한 생각을 하고 있었다.

떨어진 곳에서 지악천을 지켜보는 신승은 살짝 안쓰러운 미소를 지으며 살짝 고개를 끄덕였다.

'아주 막무가내까진 아니군. 최대한 두 무공의 장점만 따오려고 하지만, 그게 그렇게 쉬운 게 아니지. 그래도 여러 가지를 스스로 생각하는 걸 보니 부족한 부분이 뭔지 체감하고 있긴 하군.'

신승은 저런 지악천의 시도가 좋다고 생각했다.

자신이 할 수 있는 수단을 전부 동원하는 것이니 말릴 필요는 없었다.

좋지 않은 방향으로만 가지 않는다면 말이다.

쾅!

공기가 터지는 소리와 함께 지악천이 뒤로 주르륵 밀려났다.

"이놈아! 그렇게 하는 게 아니라니까. 좀 더 연결을 자연스럽게 해야 상대에게 틈을 보이지 않는다고 몇 번을 말해야 하더냐?!"

지악천 역시 무왕이 무슨 말을 하고 싶은지 대충은 알고 있었다.

하지만 그걸 몸소 펼친다는 게 얼마나 어려운 것인지 절절하게 느끼고 있었기에 지악천도 무왕만큼이나 답답한 상황이긴 했다.

될 듯 하면서도 되지 않는 상황이니까.

'그게 가능하면 벌써 했지!'

살짝 심통 난 지악천의 표정을 읽었는지 무왕의 입에

서 다시금 고성이 튀어나왔다.

"이놈! 세상에 불가능한 것은 있지만, 극히 소수에 불가하다. 지금 네 녀석이 하는 것이 불가능하다고 생각한다면 그것은 네 녀석의 짧디짧은 생각의 문제인 것이다. 네놈은 생각의 폭을 넓히는 것부터 시작해야 한다. 뭐가 부족한지 스스로 답을 내지 못하는 너의 부족한 식견과 시야로는 죽도 밥도 안 되는 법이다!"

무왕은 진심으로 안타까운 마음으로 충고하는 것이었다.

다만, 좀 격해서 문제였지만.

지악천은 지금까지 왜 무왕이 손수 자신과 대련을 해 주는지 이유를 제대로 이해하지 못하고 있었다.

처음부터 지금까지의 모든 대련은 사실상 지도(指導)에 가까운 대련이었다.

당연하게도 무왕이 처음부터 진심으로 임했다면 지악천은 진즉에 기절했을 테니까.

물론 아주 가끔 진심이 툭툭 튀어나올 때도 있긴 했지만, 그래도 최대한의 선을 지켰다.

최대한이 아닌 최소한의 선이었다면 지악천이 멍청한 표정을 짓기 무섭게 그의 얼굴은 이미 피멍 투성이로 변해 있었을 테니까.

"쯧. 오늘은 그만하자. 땡중! 제대로 가르쳐!"

혀를 차며 무왕이 자신의 술병이 있는 곳으로 향했다.

그런 무왕을 보다 자비로운 미소를 지으며 지악천에게 다가온 신승이 말했다.

"오늘은 뭐가 부족했는지 깨달았나?"

신승의 말에 지악천은 입을 쉽게 열지 못했다.

"시간은 아직 많이 남았으니 천천히 생각하면 되겠지. 운기조식한 후에 그곳에서 보세나."

항상 신승과 지악천이 말을 나누던 자리가 따로 있기에 신승은 먼저 물러났다.

그리고 그 모습을 보던 지악천이 가볍게 숨을 고르며 가부좌를 틀었고 곧장 운기조식을 겸한 관조에 들어갔다.

본래 지악천은 운기조식에만 집중했었지만, 얼마 전에 신승이 자신의 몸에 있는 내공이 어떻게 움직이는지 지켜보는 게 어떻겠냐는 말에 시작한 관조였다.

'역시… 전보다는 훨씬 안정적이 된 느낌이네. 뭐랄까 허투루 쓰지 않고 있달까?'

천천히 운기조식하면서 전신에 있는 수십 수백 가지의 혈도를 타고 흐르는 내공의 움직임을 느끼고 있는 지악천의 감상평은 그러했다.

딱히 모나지도 않고 자연스러운 느낌이었다.

실제로도 삼원조화신공(三元造化神功)은 사실상 이

전의 내공심법이었던 단심공(丹心功), 소류공(小流功), 조화공(調和功), 삼원공(三元功)을 사실상 차례대로 결합하고 발전된 형태였다.

다른 검법이나 권법, 보법, 신법 역시 마찬가지였다.

항상 최선이자, 최단 거리로 갈 수 있는 방향을 사전에 가리키고 있는 느낌이었다.

마치 '이 길로만 가면 가장 빠르게 네가 원하는 곳에 도착할 수 있어.'라고 하는 듯한 느낌 말이다.

실제로도 지악천은 남들이 아무리 빨라도 10년 20년 걸릴 경지를 단 2년 안에 이뤘지 않던가.

어찌 보면 지금 지악천에게 필요한 것은 주어진 길로 과감하게 나아가는 것이지 주어진 길이 아닌 길로 갈 필요가 없던 상황일 수도 있었다.

이번에 이렇게 축융봉에서 생활하게 되면서 많이 달라졌다.

굳이 이렇게 힘들게 수련하지 않아도 원래 자신이 해왔던 방식을 고수한다면 언젠가는 결과가 나오지 않을까? 라는 생각을 가끔 했다.

그런데 막상 무왕과 신승에게 많은 것을 경험하고 배우니까 그런 생각이 많이 줄긴 했다.

그리고 다소 강제적인 방법이긴 하지만, 강기까지 어느 정도 다룰 수 있게 됐으니까 마냥 성과가 없다곤 할 순 없었다.

물론 중간에 길을 너무 건너뛰어 버린 탓도 없지 않지만, 당장은 이 방법이 나쁘지 않다고 생각했다.

'내가 부족한 부분을 채울 수 있다면 달라질 수 있겠지. 그러니까 좀 더 노력해봐야지.'

이렇게 무왕과 직접적인 대련이 없었다면 이런 생각까진 못했을 것이 분명했다.

그렇게 운기조식을 끝낸 지악천이 바로 신승이 있는 곳으로 향했다.

"왔군. 앉으시게."

그의 말에 지악천이 항상 앉던 자리에 앉자, 신승이 바로 본론을 꺼냈다.

"어떤가? 많이 달라진 거 같은가?"

무언가 깨닫거나 발전했냐는 물음이 아닌 질문에 지악천이 잠시 입을 다물었다.

"……달라지지 않았다면 거짓이겠지요. 물론 성과도 있었습니다."

"흘흘 내 눈에도 그렇게 보인다네."

신승이 웃으며 고개를 끄덕였다.

지악천도 이젠 그런 신승의 모습이 익숙했기에 가볍게 미소를 지었다.

"예. 그렇게 보였다니 다행입니다."

"그건 그렇고 강기를 쓰는데 이젠 큰 지장은 없어 보이더군."

"예. 최근에 저도 모르는 뭔가가 있었던 모양입니다."

자신에게 무슨 일이 일어났는지 모른다는 말에 신승의 미소는 더 깊어졌다.

"그런가? 확실히 그럴 수도 있겠군. 알겠네. 슬슬 오늘 공부를 시작하지."

지악천은 신승의 말에 집중하기 시작했다.

신승이 오늘 지악천에게 가르쳐 주려는 부분은 다름 아닌, 혈도에 대해서였다.

기경팔맥(奇經八脈)의 독맥(督脈)과 임맥(任脈)을 시작으로 십이경맥(十二經脈)에 존재하는 모든 혈도에 관해서 설명하기 시작했다.

그 후 한참이나 신승의 말을 듣고 있던 지악천은 한 가지 의문이 들었다.

'내가 그러고 보니 독맥과 임맥의 혈이 아직 막혀 있었지?'

일단 신승의 말을 끊을 필요는 없기에 잠자코 듣고 있었다.

신승이 각 혈도에 대해서 하나씩 말할 때마다 지악천의 뇌리에 새겨져 있던 지식이 하나씩 깨어나기 시작했다.

그것은 화문강이 남겼던 기억이었다.

물론 화문강이 생전에 알고 있을 법한 무공들에 대한 기억이 아닌 의술에 대한 지식이었다.

그렇게 지악천의 머릿속에 잠들었던 연관된 지식이 하나씩 하나씩 깨어날 때마다 말 그대로 신세계를 경험할 수 있었다.

신승의 말과 동시에 해당 혈도에 대해서 곧바로 이해할 수 있으니 더없이 좋을 수밖에 없었다.

"잘 듣고 있는가?"

"예. 잘 듣고 있습니다."

왠지 모르게 자신만만해 보이는 지악천의 표정을 본 신승이 물었다.

"좋네. 그렇다면 기경팔맥에 대해서 말해보겠나? 설마 방금 말했는데 잊진 않았겠지."

"기경팔맥은 경혈(經穴)을 가지고 있는 독맥(督脈)과 임맥(任脈)과 경혈이 없는 충맥(衝脈), 대맥(帶脈), 양교맥(陽蹻脈), 음교맥(陰蹻脈), 양유맥(陽維脈), 음유맥(陰維脈)으로 나눠집니다."

"맞네. 그렇다면 그중 충맥은 어디부터 시작해서 끝이 어딘가?"

"아랫배 내생식기에서 임맥(任脈), 독맥(督脈)과 함께 일어나 기충(氣衝)혈로 나와 족소음신경(足小陰腎

經)과 함께 위로 올라가니 기충(氣衝)부터 유문(幽門)까지입니다."

신승은 자신이 알려주지 않는 것까지 말하는 지악천을 보며 손으로 하관을 쓰다듬었다.

"…전부 다 알고 있는 것들인가?"

신승의 말에 지악천은 자신이 실수한 것은 아니었지만, 그가 말해준 것 이상을 말했다는 걸 인지했다.

"어릴 적에 주워들었던 기억이 있었습니다. 다행히 잊고 있었는데 노사(老師)께서 기억나게 해주셨습니다."

거짓에 진실을 섞어서 적당히 둘러대자 신승은 그것에 불만을 가지지 않았다.

사실 오히려 반길 수밖에 없었다.

기반 지식이 있다면 세부설명을 건너뛸 수 있기 때문이었다.

'내 할 일이 적어지겠지만, 그 또한 나쁘지 않지.'

물론 신승이 지악천에게 이론을 알려주는 귀찮게 느끼진 않았다.

하지만 굳이 불필요한 일을 할 필요는 없으면 좋을 뿐이었다.

"좋네. 일단 내가 기본적인 것들을 알려주겠네. 만약 자네가 주워들었던 기억을 떠올리면 언제든지 말해주게나. 그래야 자네가 알고 있는 부분과 비교해가며 부족한 부분을 채울 수 있을 테니."

그 말에 지악천이 가볍게 고개를 끄덕였다.

"알겠습니다."

그렇게 방향을 바꿔서 신승이 설명하고 지악천이 떠오르는 대로 얘기하면 부족한 부분을 채워주는 방식으로 바꾸니 진행이 빨라질 수밖에 없었다.

그렇게 한 시진 정도가 지난 후 신승은 만족스러운 표정으로 고갤 끄덕이며 말했다.

"좋군. 아주 좋아. 오늘 가르칠 건 생각보다 일찍 끝났구먼. 뭐, 궁금한 거 있으면 물어보게나. 어차피 예정보다 일찍 끝나서 시간도 많으니."

신승의 말에 지악천이 처음 궁금했던 부분을 물었다.

"노사께서 처음에 말씀하셨던 부분입니다만, 독맥과 임맥이 무공에 중요하다고 하셨는데 제가 만약 아직 뚫려 있지 않은 독맥과 임맥의 혈들을 뚫는다면 정체된 지금 상황을 바꿀 수 있겠습니까?"

끔벅끔벅.

지악천의 말에 순간적으로 이해하지 못하고 있었다.

"자, 잠깐만! 자네… 아니, 말보다 이게 빠르겠군. 팔을 뻗어보게 진맥해볼 테니."

그 말에 지악천이 일말의 고민도 없이 팔을 내밀었다.

"내기를 보낼 테니까 가만히 있게나."

그 말에 지악천이 고갤 끄덕이자 곧바로 신승이 잡고 있는 팔목에 내기를 흘려보내기 시작했다.

'허… 진정 환골탈태한 몸이긴 하지만, 이상하게도 독맥과 임맥에 있는 혈들이 정말로 막혀 있었구나. 이런 기사(奇事)가 있는고…….'

그렇게 한참이나 지악천의 혈을 타고 두 시진 동안 샅샅이 뒤진 신승이 잡고 있던 팔목에서 손을 뗐다.

신승의 입에서 다소 허탈한 듯한 웃음소리가 흘러나왔다.

"허허허. 자네 도대체 어떤 무공을 익힌 건가?"

신승은 도저히 이해할 수 없었다.

지악천이 아무리 환골탈태를 이뤘다고 해도 혈맥들이 이럴 순 없었다.

"예? 그게 무슨 말씀입니까?"

"하하, 자넨 운기조식하면서 아무런 위화감을 느끼지 못했나?"

지악천은 신승의 말을 이해하지 못했다.

'운기조식할 때 위화감이라니? 무슨 말이지?'

"모르겠는가? 흠… 본인이 인지하지 못하고 있다면 그렇다면 어쩔 수 없지. 아, 그러면 되겠군. 자, 내 팔목을 잡고 천천히 자네의 내기를 흘려보게. 그러면 이해할 수 있을 테니까."

말을 하면서 팔을 지악천의 앞으로 들어올린 신승이 고개를 움직였다.

빨리 해보라는 신호였다.

그 말에 지악천은 다소 찝찝한 표정을 한 채로 신승이 자신에게 했던 것처럼 천천히 내기를 그의 혈도에 흘려보내기 시작했다.

지악천은 처음 신승의 혈도에 자신의 내기를 보내면서 뭘 보라고 하는지 이해할 수 없었다.

하지만 그 뜻을 이해하는 데 걸리는 시간은 그리 길지 않았다.

'뭘 이해할 수 있다는 거지? 음? 설마 이걸 말하는 건가?'

그렇게 신승의 팔에 내기를 흘려보내다가 이상한 느낌이 들었다.

신승이 자신의 팔에 내기를 흘려보낼 때는 빠르게 이곳저곳을 훑었기에 그것이 그저 자신과 그의 차이라고만 생각했다.

그런데 막상 신승이 했던 그대로 따라 하려고만 했을 뿐인데도 속도가 더뎠기에 모를 수가 없었다.

그렇게 내기를 회수한 지악천이 신승의 팔에서 손을 뗐다.

"어떤가? 알겠나?"

"……뭘 말씀하시려고 했는지는 알겠습니다."

"이해했다니 그렇다면 얘기가 빠르겠군. 자네와 나의 가장 큰 차이는 혈과 세맥이라네."

지악천은 경청하겠다는 듯이 잠자코 신승만 바라봤다.

"나나 저 말코는 특정 혈도를 주로 쓰기에 다른 곳은 약하거나 막혀 있기 마련이라네. 물론 자네가 직접 확인해 봤으니까 알겠지. 이 축융봉에 있는 자네와 나와 말코의 같은 부분이 뭔지 아는가?"

"예? 그런 게 있습니까?"

"있지. 전부 환골탈태를 경험했다는 것이라네. 물론 모두가 다 똑같다고 할 순 없겠지만, 일반적인 특징은 같다고 해야겠지. 그런데 자네는 다르지 않은가."

"그 말씀은 저와 두 분의 차이가 그 정도라고 해야 합니까?"

"단순하게 그 정도로 치부한다고 해도 엄청난 거라네. 벌모세수(伐毛洗髓)를 받은 무림세가의 아이들조차 자네보다 떨어지면 떨어졌지 낫진 않을 걸세. 그리고 가장 중요한 것은 자네에게는 내공 말고도 다른 기운들이 있지 않은가. 그 기운들을 자네의 의지대로 움직일 수 있게 된다면 그깟 독맥과 임맥에 막혀 있는 혈들을 뚫는 게 문제겠는가?"

"그 말씀대로 만약에 제가 그 혈들을 뚫어낸다면 어떻게 될까요?"

지악천이 막힌 그 혈들을 뚫어보겠다는 식으로 말하자, 신승의 표정은 살짝 굳었다.

"뚫었을 땐 확실히 지금과는 달라지겠지. 하지만 만약 실패했을 땐 백치 내지는 죽음을 각오해야 할 것이네. 자네도 잘 알겠지. 두 곳을 뚫어내는 행위가 그만큼 위험한 곳이라는 것을 명심해야 할 것이네."

신승의 표정과 말 속에 담긴 감정은 위험하니 하지 말라는 감정이 가득 담겨 있었다.

"노사님. 제가 말입니다."

지악천은 송옥자와 싸웠을 때 느꼈던 감각을 신승에게 전부 털어놓았다.

"그날의 그 감각이 지금까지 아직도 눈에 선합니다. 만약 제가 다시 그 감각을 느낄 수 있게 되려면 그 혈들을 뚫어내야 합니까?"

"……."

지악천의 말 속에 담긴 감정은 간절함이었다.

무인이라면 누구나 마음에 담고 있는 간절함이었다.

하지만 그런 간절함이 무인에게 가장 치명적인 독이라는 사실 또한, 신승은 그 누구보다 잘 알고 있었다.

물론 자신을 바라보고 있는 지악천 같은 경우는 아니었지만, 대게 무리하게 독맥과 임맥을 뚫어내려고 했다가 죽거나 백치가 되는 경우가 많았다.

말은 하지 않았지만, 최악의 경우 주화입마를 입어 광인이 되는 경우도 종종 있었다.

"…확실하게 답해주긴 어렵다네. 앞서 말했듯이 자네는 일반적인 무인들과 다르니까."

신승은 솔직하게 말했다.

아무리 그가 우네 삼성의 일인으로 무림에서 최고수로 뽑히는 이들 중 한 명이라곤 하지만, 지악천 같은 이를 단 한 번도 본 적이 없었다.

하물며 화문강조차도 지악천과 다르다고 보고 있었다.

소림의 장경각에 있는 고서들을 뒤진다고 한들 지악천과 유사한 경우가 있을 것 같진 않았다.

"정말 자네가 시도한다면 나는 말리진 않겠지만, 권하지도 않을 것이네. 그만큼 위험부담이 크다는 뜻이네. 그리고 만약 뚫어낸다고 해서 자네가 원하는 바가 이뤄질지도 미지수라네. 자네가 정말 독맥과 임맥을 뚫고 나서 화경에 오른다고 한들 자네가 느끼고자 하는 감각을 느낄 수 있다곤 장담할 순 없으니까."

신승은 정말 독맥과 임맥을 뚫어내려고 시도할 것 같

은 표정의 지악천을 뜯어말리고 싶었다.

물론 천하십오절이나 우내삼성이라 불리는 이들은 전부 기경팔맥을 기본적으로 뚫어낸 이들이긴 했다.

그렇기에 위로 올라가고 싶다면 시도하는 것은 맞긴 했다.

하지만 그 과정에 필요한 공부할 게 많다고 생각했다.

신승은 문득 아득한 과거가 된 그 날이 떠올랐다.

자신이 이 악물고 독맥과 임맥을 뚫어냈던 그날이.

'정말 지옥이 있다면 그때의 경험했던 것과 비슷하다고 해야 할까.'

부르르.

정말 기억만 떠올리기만 했을 뿐인데도 몸이 이렇게 반응할 정도로 지독한 고통이었다.

'그분의 도움이 없었다면 지금의 나도 없었겠지.'

신승은 자신의 무모한 짓을 도와줬던 화문강을 떠올렸다.

그리고서 잠시 눈을 감았다가 이내 감았던 눈을 뜨며 말했다.

"……좋네. 내가 도와주겠네. 하지만 잘못된다면 난 한 치의 망설임도 없이 자넬 내 손으로 죽일 걸세. 감당하지 못해서 자네가 죽는다면 몰라도 백치나 광인이 된다면 차라리 죽는 게 낫지 않겠는가. 그만한 마음가짐을 가지는 게 앞서 경험했던 내가 해줄 수 있는 배려라네. 어찌하겠는가?"

신승의 엄포에 지악천은 고민하지 않을 수 없었다.

처음에는 자신의 가슴에 검을 밀어 넣은 혈인 하나 때문에 시작된 일이 이렇게 커질 줄은 생각지도 못했으니까.

'언젠가는 해야 할 일이라면 굳이 미뤄둘 필요는 없겠지.'

생각을 정리한 지악천이 살짝 크게 숨을 내쉰 다음에 말했다.

"그렇게 하겠습니다. 그리고 이왕이면 지금 하는 게 좋지 않겠습니까."

"그리 급할 필요가 있는가?"

"한번 뒤로 미루면 그 미룬 사이에 생각이 많아질 거고 그렇게 된다면 계속해서 미루게 될 겁니다. 그러니 마음먹었을 때 하는 게 좋을 것 같습니다."

지악천의 말에 신승이 지악천의 눈을 바라봤다.

'진심이로군.'

"음… 당사자가 하겠다는 의지가 굳건할 땐 말릴 수 없는 법이지. 그런데 자네 말이지. 혹시 혈도를 뚫어본 경험이 있는가?"

너무나도 쉽게 생각하는 지악천의 말에 혹시나 하는

마음에 물어봤다.

"혈도를 뚫는다는 게… 솔직히 무슨 의미를 가지는지 잘 모릅니다."

"허……."

정말 혹시나 했던 생각이 현실로 다가오자 신승은 당혹감을 감추지 못했다.

초절정의 고수가 혈도를 뚫는 법도 모르고 그걸 시도하겠다는 말이 기가 막혀 말도 못 할 정도였다.

'아무것도 모르면서 도대체 저만한 내공과 무공을 어떻게 익힌 거지? 정말 부처님과 옥황상제가 도와주는 건가?'

지악천의 상태는 정말 신승의 상식적인 범위를 아득히 넘어버리는 수준이었다.

그렇다고 지악천에게 막힌 혈도를 뚫는 법을 가르쳐줄 방법이 없었다.

이미 지악천의 혈도 대부분이 말 그대로 뻥 뚫려 있는 수준이었고 중요한 독맥과 임맥의 혈도들이 막혀 있을 뿐이었으니까.

"끄응… 뭐, 좋네. 혈도를 뚫는 방법을 알려주겠네."

신승이 혈도를 뚫는 방법을 설명하기 시작했다.

"일단 자네 몸의 내공이 자네의 혈도를 타고 자네가 원하는 대로 움직이고 있다는 것은 알고 있겠지?"

그 물음에 지악천은 가볍게 고갤 끄덕였다.

"그와 원리 자체는 같다네. 자네가 뚫고자 하는 혈도
로 내공들을 보내 밀어내는 거지. 여기서 가장 중요한
것은 그 뚫는 방법이 한 가지로 국한되는 것이 아니라
는 것이네. 강한 힘으로 단 한 번에 뚫는 방법이 있고
반대로 줄기를 계속 몰아쳐서 둑에 구멍을 뚫듯 하는
방법이 있다네. 물론 나는 후자를 썼다네. 물론 당시에
나는 자네가 아니니 뭐가 좋다고 해줄 수는 없네. 오롯
이 자네가 선택해야 할 문제라네."

지악천은 신승의 말을 들으며 고민하지 않을 수가 없
었다.

"아, 그리고 내가 자네에게 해줄 유일한 조언은 하나
뿐이네. 독맥과 임맥 둘 다 거의 동시에 뚫는 것이 최선
일걸세."

그 말을 들은 지악천이 바로 가볍게 가부좌를 틀어 앉
았다.

"바로 해볼 셈인가?"

"예."

그 말을 끝으로 지악천은 바로 눈을 감으며 단전에 있
는 내공을 움직이기 위해서 항상 하던 대로 운기조식부
터 시작했다.

'일단 각 혈도로 흘려보자.'

독맥과 임맥을 제외한 기경팔맥과 십이경맥에 천천히 내공을 흘려보내기 시작했다.

지악천의 의지대로 단전에 뭉쳐 있던 내공이 천천히 전신으로 퍼지기 시작했다.

그렇게 잠시 후 막혀 있는 혈도를 제외한 모든 곳에 내공이 충분히 퍼졌다.

한편 운기조식에 집중하고 있는 지악천을 지켜보고 있는 신승의 속은 조금 착잡했다.

'처음부터 말렸어야 했나?'

하지만 이미 후회하기에는 늦었다.

가부좌를 틀고 있는 지악천의 전신에 힘이 느껴지기 시작한 걸 보니 이젠 막는 방법은 없었다.

그렇게 지악천을 바라보고 있자, 무왕이 다가왔다.

슬슬 밥 때인데 조용했기 때문이었다.

"뭐야? 이놈은 왜 또 저러고 있는 거야?"

무왕의 물음에 신승은 직전까지 나눴던 지악천과의 대화를 알려줬다.

"…음? 땡중. 미쳤어? 그게 무슨 개소리야. 벌써 죽을 때야?"

무왕의 말에 신승은 미소를 지었다.

"나라고 알았겠어? 이러한 경우는 나도 처음이라고, 아무리 환골탈태했다고 하지만, 혈도들이 그렇게 깨끗

할 수 있는지 말이야. 물론 혈도 몇 개가 막혀 있긴 했지만 말이야."

"그래서 독맥과 임맥에 막힌 혈도를 뚫기 위해서 지금 저러고 있다고…… 음?"

말을 하던 무왕과 신승의 시선이 동시에 지악천을 향했다.

둘이 지켜보는 가운데 가부좌를 틀고 있는 지악천의 신체에서 아지랑이가 피어오르기 시작했다.

―이거 설마…… 아니겠지?

지켜보던 와중에 신승에게 전음을 날린 무왕은 혹시나 하는 감정이 담겨 있었다.

―아니, 말코 네가 생각하는 그게 맞는 거 같다.

짧은 전음을 나누는 와중에 지악천의 몸에서 피어오르기 시작한 아지랑이들이 이전처럼 점점 짙은 색을 갖추기 시작하더니 이내 세 갈래로 갈라졌다.

갈라진 아지랑이들이 형태를 갖추기 시작하자 그 모습을 지켜보는 무왕과 신승의 눈초리가 사납게 변했다.

―아니, 적사투관(赤蛇透關)은 들어봤지만, 저건 삼색사투관(三色蛇透關)이라고 불러야 하냐?

―굳이 명칭을 정한다면 그래야 하겠지.

그들조차 적사투관이든 삼색사투관(三色蛇透關)이

든 글로만 전해왔던 현상을 직접 목격하니 어이가 없었다.

—도대체 잠재된 내공의 깊이가 얼마기에 저런 현상이 벌어지는 거야?

—글쎄? 내공만 대충 계산해도 3갑자인데 다른 두 기운은 예측 자체가 쉽지 않아.

그들이 지악천을 지켜보면서 지악천에 대해서 이런저런 얘기를 나누는 가운데 지악천은 갑자기 폭풍처럼 휘몰아치는 내부를 단속하기 바빴다.

내기가 전신의 세맥을 가리지 않고 스며들었다.

이내 다시 단전으로 끌어오려는 순간 지악천의 의지에 반하는 기운들이 세맥에서 서서히 존재감을 드러내기 시작했다.

그 기운들은 지악천에게 너무나도 익숙한 냉기와 화기였다.

어느 정도 선에서 지악천의 의지에 따르기도 하지만, 여전히 제멋대로 구는 것들이었다.

'끄으으응!'

평소 같은 운기조식이었다면 애초에 세맥까지 내공을 퍼트리지도 않았을 테니까 이런 일이 일어나지 않았지만, 지금은 과정 자체가 달랐기에 더 그런 것 같았다.

더군다나 많은 힘이 필요했기에 냉기와 화기의 등장

은 지악천으로서도 나쁘지도 않았고 오히려 유도한 감도 없지 않았다.

다만, 불안요소가 있을 뿐이었다.

두 기운이 지악천의 의지대로 움직이지 않았을 경우가 가장 큰 불안요소라고 할 수 있었다.

'두 기운을 내 의지대로 각기 나눠서 독맥과 임맥으로 보내야 해.'

어떻게든 두 기운의 도움이 필요하다고 생각할 수밖에 없던 건 신승의 말 때문이었다.

'이왕이면 동시에 뚫어야 한다고 하니 여유가 없어. 선택지도 부족하고.'

독맥과 임맥의 혈들을 뚫는데 얼마나 많은 내력이 필요한지도 가늠하지 못하고 있었기에 그로선 최대한 많은 것들이 필요했다.

지악천은 끊임없이 계산하는 와중에도 계속해서 의지를 발산해 냉기와 화기가 자신의 의지에 따르기를 요구하고 있었다.

'그만 뻗대고 도와줘!'

움찔.

이 악문 그의 절실함이 가득 담긴 의지를 느낀 것인지 일순간 두 기운이 주춤했다.

그리고 그 순간을 놓치지 않고 지악천이 집중하자 마

치 손가락을 잡고 있던 손을 더 뻗어 손목을 잡아채듯이 지악천의 의지대로 움직이던 내공들이 냉기와 화기를 집어삼키듯이 덤벼들었다.

마치 가기 싫어하는 듯한 아녀자의 손목을 붙잡고 억지로 끌고 같은 모양새였다.

다소 강압적인 모양새로 보일지라도 지악천의 입장에선 지금 해야 한다고 생각한 이상으로 급한 상황이니 이것저것 재고 자시고 할 시간이 없었다.

그렇게 반강제적으로 냉기와 화기를 단전 주위로 끌어온 지악천은 본격적으로 독맥과 임맥의 혈도로 움직일 준비 직전에 고민에 빠졌다.

'아, 그러고 보니까 어떤 기운을 어디로 보낼지 결정 못 했어!'

지금 지악천의 생각이 입 밖으로 나왔다면 그를 지켜보고 있는 무왕과 신승이 이마를 짚었을 것이 분명했다.

시간을 길게 끌 순 없기에 지악천의 머리가 복잡하게 돌기 시작했다.

길게 생각할 시간이 없기에 결정은 신속하게 내려졌다.

'단순하게 음양으로 가자.'

지악천은 꾸준하게 신승에게 무공에 관한 기초지식을

배워왔기에 음양의 구분을 떠올렸다.

자연스럽게 독맥은 화기로 임맥은 냉기로 밀기로 결정을 내렸다.

독맥의 막힌 부분은 백회(百會)로 가는 뇌호(腦戶), 강간(强間), 후정(後頂)까지였고, 임맥은 회음(會陰)으로 가는 길인 중극(中極)과 곡골(曲骨)까지였다.

막힌 혈도는 고작 7개에 불과했지만, 그 과정이 얼마나 걸릴지는 예측하기가 힘들었다.

이미 위아래로 보낼 냉기와 화기가 각기 다른 방향으로 내공과 함께 빠르게 움직이기 시작했다.

콰르르르.

지악천의 내부에서만 들리는 우렁찬 소리가 마치 파도처럼 빠르게 독맥과 임맥을 타고 뻥 뚫린 혈도를 나아가기 시작했다.

지악천의 의도를 읽은 냉기와 화기가 그 의도에 순응해 각기 혈도를 타고 빠르게 막힌 혈도를 향해서 거침없이 움직였다.

그러한 지악천을 바라보고 있는 무왕과 신승의 표정은 알쏭달쏭하게 변해 있었다.

어느새 삼색사(三色蛇)가 사라졌고 오묘한 색을 가진 뱀의 형태를 가진 기운이 쌍두사의 모습으로 나타나 있었다.

혹시라도 지악천에게 방해가 될까 싶어 무왕은 전음으로 신승에게 말을 걸었다.

—눈앞에서 지켜보고 있는데도 믿지 못할 정도로 환장할 노릇이군. 이제는 합쳐지고 그 형태가 쌍두사라니.

—무림에 무수한 기인이사가 많다지만, 이런 일이 있었다고 어디에다가 말도 못 할 정도겠어. 방장에게 말했다가 노망들었다고 잔소리까지 들을 정도라고.

그 말을 들은 무왕 역시 무당의 장문인을 떠올리며 고개를 끄덕였다.

—소림 방장만 그러겠냐? 무당 장문도 비슷하겠지.

무왕의 전음이 신승의 귓전을 때리는 순간 지악천의 주변에 드리우던 쌍두사가 사라졌다.

정확하게는 지악천의 몸으로 흡수되어 사라졌다.

그리고 그 순간 지악천의 몸에서 폭발적인 기운이 주변에 폭사되기 시작했다.

흡사 벽을 만들어 주위로부터 방해받지 않게 만드는 듯한 위협적인 기운이었다.

—물러나지.

신승의 전음에 무왕은 고갤 끄덕이며 가볍게 몸을 띄워 지악천과의 거리를 벌렸다.

—이제 슬슬 본격적으로 시작하는 모양이다.

무왕의 말에 때마침 주변을 폭사하듯이 뻗어가던 기운이 일순간에 사라졌다.

마치 아무 일도 없었다는 듯이.

멀리 떨어진 곳에 자리한 백촉까지 숨을 죽일 정도로 지악천의 변화는 빠르고 급박하게 이뤄지고 있었다.

─야, 땡중.

─왜?

─저거 아니. 저 녀석의 기운 지금까지와는 아예 차원이 다르잖아. 어떻게 된 거야?

신승은 당연하다는 표정을 하고 있었지만, 무왕은 모를 만했다.

신승은 직접 지악천의 내부를 확인했지만, 무왕은 겉으로 드러난 것만 알 수 있었으니까.

─마음대로 날뛰던 두 기운이 따라오는 거겠지.

─그거야 당연하고. 지금까지 못 했던 걸 지금 와서 뚝딱해냈다는 걸 누가 믿겠냐?

─그걸 네가 믿든 안 믿든 그건 문제가 아니지. 그리고 결과적으로 이미 답이 나와 있는 것을 왈가왈부할 필요가 있나?

신승의 말에도 분명 일리가 있기는 했다.

그러나 그것이 무왕이 지닌 개념적인 문제에 영향을 줄 정도는 아니었다.

아무리 무인이라고 해도 오랫동안 살아왔기에 쌓이고 쌓인 고정관념이 있기 마련이니까.

거기다 무왕은 태생적으로 근성과 노력을 신봉하는 무인이었기 때문이었다.

속된 말로 '피와 땀은 배신하지 않는다.'라고 말하는 이들 중 현 무림에서 가장 큰 인물이기도 했다.

물론 그의 노력이 한계에 도달했을 때 화문강의 도움으로 지금의 '무왕'이라 불리는 것이기도 하지만, 그 이전의 과정과 그 이후의 과정에 무왕의 지고한 노력이 없었다면 지금의 이 자리에 도달하지 못했을 테니까.

그런 무왕과는 다르게 신승은 크게 내색하진 않지만, 하늘이 내려준다고 생각하는 이들에 속한 편이긴 했다.

물론 그 과정에 뼈를 깎는 노력이 필요하다는 것을 절대로 부정하지 않았다.

냉정하게 본다면 근성과 노력으로 경지를 오를 수 있다면 누구나 화경에 도달할 수 있고 누구나 현경과 생사경까지 넘볼 수 있지 않겠는가.

근성과 노력은 어디까지나 어느 선에서나 통용되는 이야기일 뿐이었다.

그렇게 지악천의 밖에서 드러나는 상황에 대해서 무

왕과 신승이 얘길 나누는 순간에도 지악천의 정신은 거의 두 개로 갈라지기 직전의 상황이었다.

어느 한쪽에 집중할 수 없을 만큼 첫 번째로 막혀 있는 혈도를 열심히 두드리는 중이었다.

거기다 혈도를 처음 뚫는 것이기에 지악천 나름대로 한방에 뚫어보기 위해 필요한 감각 역시 다소 부족할 수밖에 없었다.

그랬기에 계속해서 두들기는 힘을 점진적으로 늘리는 식으로 접근할 수밖에 없었다.

'도대체 어느 정도가 필요한 거지?'

계속해서 꾸준하게 두들기는 힘을 늘려가고 있지만, 그 과정이 여간 어려운 것이 아니었다.

힘들게 냉기와 화기를 끌어온 상태라 그 둘을 유지하는 순간에도 정신력을 갉아 먹히고 있기 때문이었다.

'이래서 위험하다고 했던 건가?'

신승이 했던 말이 잠시 떠오르기도 했지만, 저지른 이상 물러설 순 없었다.

그렇게 끊임없이 두들기던 뇌호(腦戶), 중극(中極)의 막혔던 혈도에 미세한 균열이 생겨나기 시작했다.

그리고 그 순간 눈을 감고 있는 지악천의 눈에 글귀가 하나씩 떠올랐다.

[사용자에 대한 심각한 위험을 발견.]
[위험 해소에 필요한 방법을 검색합니다.]

'뭐야! 무슨 위험!'

[…… 검색 완료.]
[사용자에 대한 심각한 위험을 해소하기 위한 가장 적절한 방법을 시도합니다.]

빠르게 글귀가 변화하면서 내용을 확인한 지악천이 속으로 외쳤지만 아무런 소용이 없었다.
'뭐, 뭐야!? 아, 안 돼!'

[잠시 후 사용자에 대한 심각한 위험 해소에 필요한 정보를 사용자에게 전달하기 위한 각인을 시작합니다.]
[그 과정이 매우 위험하기에 사용자의 의식(意識)을 제한합니다.]
[5]
[4]
[3]
[2]
[1]

'빌어……!'

빠르게 변하는 글귀들에 지악천은 아무런 반항조차 하지 못하고 그대로 의식의 끈이 끊어져 버렸다.

의식이 끊어진 지악천의 내부는 그가 했던 것보다 압도적으로 빠르고 신속하게 움직이기 시작했다.

그리고 그 움직임에 일말의 고민도 없었다.

후두둑.

앞서 미세한 균열이 일어난 혈도의 틈을 기운들이 마치 억지로 벌리듯이 비집고 들어가자, 신승이 설명했듯이 마치 둑이 무너지는 듯한 모양새가 펼쳐졌다.

그렇게 무너진 곳을 빠르게 선점하고 막고 있던 장애물을 빠르게 처리하기 시작했다.

그렇게 마치 화기의 힘을 업은 야생마처럼 독맥에서 날뛰는 기운이 강간(强間)을 가볍게 박살내듯이 뚫어버린 후에 후정(後頂)에 코앞까지 도달했고, 임맥에서 차분하게 움직이던 기운은 곡골(曲骨)까지 도착해있었다.

그런 상황에서 마치 두 갈래로 나눠진 기운들이 숨 고르기를 하듯이 움직이기 시작했다.

그러한 상황에서 야생마처럼 날뛰는 화기를 업은 기운이 먼저 후정을 거칠게 두들기기 시작하자 그에 질세라 냉기를 업은 기운이 곡골을 날카롭게 두들기기 시작했다.

그렇게 두 기운이 엎치락뒤치락하는 수준의 속도로 자신들의 앞을 막고 있는 벽을 빠르게 허물기 시작했다.

그렇게 각자, 후정과 곡골을 뚫어낸 두 기운은 이제 마지막 대단원을 앞두고 있었다.

그 대단원의 끝을 보기 전에 두 기운은 지악천의 단전에 있는 내공을 빠르게 끌어내기 시작했다.

그 행위는 단전에 있는 내공이 전부 비워질 때까지 계속해서 이어졌다.

그렇게 단전이 완전히 텅 비워진 상태로 변하자, 열심히 단전의 내공을 끌어들이던 두 기운이 서서히 움직이기 시작했다.

단전을 텅텅 비게 할 정도로 기운을 끌어들인 두 기운이 백회와 회음을 동시에 두들겼다.

쾅! 쾅! 콰앙!

막힌 혈도를 두들기는 두 기운의 움직임에는 어떠한 주저함도 없었다.

뚫리지 않으면 더 강하게 두들길 뿐이었다.

지악천이 깨어 있었다면 절대로 하지 못할 정도로 과감하면서도 과격한 행동이었다.

쾅! 쿵! 콰앙!

그리고 그렇게 거침없이 자신들의 앞을 가로막고 있는 벽을 두들기던 순간 두 기운이 마치 약속이나 했다는 듯이 멈췄다.

'음? 뭐지?!'

지악천의 의식이 끊어질 때부터 시작된 변화를 느낀 무왕과 신승은 의문이 떠오르는 것과 함께 표정이 동시에 굳었다.

겉으로 보이는 변화는 하나도 없었지만, 그들의 경지라면 충분히 느끼고도 남을 만한 변화였다.

그리고 동시에 그 변화를 느끼고 말하려 했다.

―땡중.

―말코.

서로를 부르는 것만으로 상대의 의중을 깨달을 수밖에 없었다.

같은 생각이었으니까.

―땡중…… 지금 역행(逆行)하고 있는 거 맞지?

무왕의 말대로 신승 역시 지금 지악천에게서 느껴지던 기운이 역행하기 시작했다는 걸 인지하고 있었다.

―맞아. 역행. 왜 갑자기?

둘은 지악천의 의식이 끊어졌다는 사실을 알지 못했기에 그 선택을 이해할 수 없었다.

그들이 보기엔 지악천이 선택한 것으로 보이는 이 무

모한 행동이 어떤 결과를 초래할지 예측하기 쉽지 않았다.

—어떡할 거냐? 최악의 상황으로 이어질 수도 있다.

—……지금 손쓰기에는 힘든 상황이니 그의 운명에 걸어봐야겠지.

다소 냉정하게 들릴 수도 있겠지만, 신승의 말이 정답이었다.

뭐라도 할 수 있는 상황이었다면 신승도 손을 쓰는데 주저함이 없었을 것이다.

하지만 이미 그런 수준은 진즉에 넘어갔으니까.

그리고 이미 신승은 지악천에게 경고하기도 했다.

잘못된다면 자신의 손으로 끊어주겠다고.

그랬기에 신승은 더 없이 침착할 수밖에 없었다.

그리고 그 순간 역행하던 지악천의 기운이 움직였다.

'……음?'

의식이 끊어졌던 지악천의 정신이 깨어났다.

'어떻게 된 거지…… 아. 빌어먹을!'

잠시 멍하던 지악천은 금세 이전의 기억을 떠올리고선 내기를 움직이려고 했다.

하지만 자신의 의지대로 움직여야 할 육신은 아무런 미동도 없었고 손가락 하나 까딱할 수 없다는 것을 깨달았다.

'도대체 무슨 일이 일어난 거야?'

상황파악을 하려고 애써도 소용없었다.

무슨 상황인지 알지 못하는 것은 당연하고 주변에 뭐가 있는지조차 느낄 수 없었다.

그러다 이내 정신만 깨어 있다는 것을 자각했다.

정신만 깨어 있는 상태로는 상황을 파악할 수가 없는 것이 당연했다.

'실패했나?'

문득 지금의 상황이 실패했기에 일어난 상황인가 싶었지만, 이내 아니라는 걸 인지했다.

'아니, 만약 실패했다면 이렇게 정신이 깨어날 리가 없겠지.'

결국, 지악천이 할 수 있는 일은 자신에게 무슨 일이 일어났는지 하나씩 되짚어 보는 것밖에 없었다.

'혈도를 뚫으려고 했고 그 와중에 그 글귀가…… 젠장.'

그 글귀가 나타났을 때 자신에게 이익이 됐으면 됐지 단 한 번도 나쁜 적이 없었기에 결국은 글귀대로 심각하다는 위험이 사라지길 바랄 수밖에 없었다.

사실 그 방법 말고는 다른 방도가 없었다.

아무것도 할 수 있는 게 없었으니까.

정신만 깨어 있는 경험 자체가 처음이기에 지악천은
여기서 뭘 어떻게 해야 할지 아무것도 모르는 상태였
다.

때문에 선택할 수 있는 일은 하나뿐이었다.

그저 머릿속으로 무공을 복기하는 것이었다.

그렇게 지악천이 알고 있는 모든 무공을 하나씩 되짚
어가던 중 문득 한 가지 생각이 떠올랐다.

'도대체 언제까지 이러고 있어야 하는 거지?'

그때 아무것도 보이지 않는 앞에 글귀가 떠오르기 시
작했다.

[각인 완료.]

그 글귀가 보이기 무섭게 미세하지만, 조금씩 감각이
돌아오기 시작했다.

내부에서 움직이고 있는 내공들의 움직임과 피부로
느껴지는 바람의 감촉 등이 서서히 느껴지기 시작했
다.

'제대로 된 건가?'

상황파악을 하려면 결국 내공을 움직여야 했기에 단
전을 확인한 지악천은 놀랐다.

'제대로…… 어? 뭐야?'

단전의 크기가 의식을 잃기 전보다 훨씬 크고 단단하게 느껴졌기에 어찌 보면 당연한 반응이었다.

'도대체 무슨 일이 일어난 거지?'

지악천은 자신의 상태를 확인할 수 있는 최선의 수단을 알고 있었다.

[성명: 지악천(池樂天) 별호: 묘(猫)포두, 악귀, 대(大)포두

소속: 남악현청 직책: 포두(捕頭)

무공수위: 화경 내공: 250년

보유 무공

심법: 천원무극단공(天元無極丹功) 1성

검법: 천하오절(天河五絕) 1성

권법: 무형류(無形流) 1성

보법: 환영신보(幻影神步) 1성

신법: 무영비(無影飛) 1성

음공: 육합전성(六合傳聲)

환골탈태(換骨奪胎)

반박귀진(返朴歸眞)]

'???'

자신의 상태를 보여주는 글귀를 본 순간 지악천의 머

릿속은 온통 의문투성이였다.

 몇 가지를 제외하면 다 달라졌다.

 그래도 큰 것을 꼽자면 변화는 세 가지였다.

 무공수위가 화경으로 상승했으며 내공도 180년, 3갑자 수준에서 4갑자를 넘는 수준으로 늘어났다.

 마지막으로 그동안 막혔던 무공들이 전부 새롭게 변했다.

 '설마?'

 지악천은 이것이 막힌 혈도와 무슨 연관이 있는 것인지 몰라 급히 단전의 내공을 움직여 막혔던 혈도들을 확인하기 시작했다.

 '허…… 다 뚫렸잖아? 도대체 내 의식이 끊어진 후에 무슨 일이 일어났던 거지?'

 지악천은 그것을 평생 궁금해 하겠지만, 평생 알아낼 방법은 존재하지 않았다.

 그리고 내공을 움직여 혈도들을 훑고 있던 순간 새롭게 바뀐 천원무극단공이 자연스럽게 머릿속에 떠오르기 시작했다.

 그렇게 천원무극단공을 머릿속으로 떠올리기만 했는데도 내공들이 부드럽고 자연스럽게 움직이기 시작했다.

 그렇게 지악천이 어느새 천원무극단공에 빠져들고 있

던 시각, 지악천을 지켜보던 무왕과 신승이 반응했다.

—달라졌다. 슬슬 깨어나려는 모양이다.

—대단하군. 정말 뭐라 표현할 길이 없을 정도로.

—그래. 확실히 단박에 벽을 부수고 올라설 줄은 생각도 못 했는데 그저 조금 나아지는 정도라고 생각했지.

—그분조차도 몇 년에 걸린 경지를 벌써 오르다니. 빨라도 너무 빠르군.

—땡중. 왜? 걱정 되냐? 화경에 도달한 무인은 우리 정도 아니면 이놈을 상대하겠…… 아, 그 미친놈이라면 할지도 모르겠다. 아니, 분명하겠네.

무왕이 꺼낸 '미친놈'이라는 말에 신승 역시 살짝 실소를 머금었다.

—아직도 그를 그리 부르나?

신승의 말에 무왕은 살짝 억울하다는 표정을 지었다.

—아니, 생각해봐 미친놈을 미친놈이라고 부르지 뭐라 불러? 그리고 그놈도 귀가 있으니까 우리 행적이랑 이것저것 소문을 종합하면 어떻게 움직일지 몰라.

무왕의 말을 들으며 신승은 아까부터 입가에 떠오른 실소를 지우지 않았다.

—그래. 그러면 그럴지도 모르지. 그렇다고 해도 그리 쉽진 않을 것 같다.

전음을 날리는 동시에 지악천을 바라보는 신승의 모

습에 무왕도 살짝 고개를 끄덕였다.

―그래. 마냥 쉽진 않겠네.

그들은 외부로 뿜어지는 기운이 점점 커지고 있는 지악천을 바라보고 있었다.

무왕과 신승이 자신을 바라보고 있는지 전혀 알지 못하고 있는 지악천은 그저 천원무극단공에 빠져들어서 머릿속에 떠오르는 구결과 방법대로 많은 양의 내공을 소주천을 넘어 대주천까지 실행하고 있었다.

지악천의 입장에서 처음 대주천을 행하고 있었지만 그런 사실을 전혀 인지하지 못하고 있었다.

말 그대로 뻥뻥 뚫린 혈도를 종횡무진으로 움직이는 내공의 움직임에 푹 빠져 있었다.

'진짜 와.'

전신의 혈도를 누비는 움직임에 황홀감을 느낄 수밖에 없었다.

지악천은 대주천을 처음 경험했기에 당연한 반응일 수밖에 없었다.

그리고 그렇게 한참을 온 몸을 누비던 지악천은 이제까지 느껴보지 못한 느낌을 받았다.

'뭐지?'

그것은 독맥에 자리한 신도(神道)와 임맥에 자리한 옥

지악천 256

당(玉堂)에서 느껴지는 묘한 느낌이었다.

'뭐지? 원래 저기에 저런 게 있었던가?'

이전까지는 너무나도 원활하게 움직이는 내공에 빠져서 신경 쓰지 못했지만, 천원무극단공으로 운기나 하자 이상함을 느낀 것이다.

'뭐랄까…… 단전? 단전이라고 해야 하나?'

명치에서 한 치 반 정도 높이에 있는 자리에 떡하니 자리 잡은 그것은 지악천의 생각처럼 단전이었다.

정확하게 중단전이라고 불리는 이 단전은 화경에 오른 이들만 가질 수 있는 특권 중에서도 최고로 손꼽히는 특권이라고 할 수 있는 것이었다.

자연지기를 이용하게 할 수 있게 도와주는 것은 기본이고, 하단전이 텅 빈다면 바로 중단전에 있는 자연지기와 내공이 빠르게 하단전을 가득 채워주기 때문이었다.

그것만 가지고도 엄청난 특권이라고 할 수 있었다.

그만큼 화경의 경지가 아무나 소원한다고 해서 올라갈 수 없는 것이라는 방증이기도 했다.

하지만 지악천은 중단전에 한구석에 자리한 기운이 묘하게 익숙했다.

중단전에 작게나마 자릴 잡은 기운의 정체는 바로 냉기와 화기였다.

'그러고 보니 다른 혈이나 세맥에 없어서 다 합쳐진 건가 했더니 여기에 있었구나.'

중단전에 자릴 잡은 두 기운은 지악천이 자신들을 알아보는 듯한 느낌을 풍기자 움직이며 반응을 보였다.

하지만 이내 중단전에 같이 자릴 잡은 자연지기들의 위엄에 수그러들었다.

엄밀히 따지자면 두 기운은 자연지기의 집에 막무가내로 쳐들어온 불청객인 셈이었다.

그렇게 중단전의 존재까지 확인한 지악천은 슬슬 전신에 퍼져있는 내공들을 단전으로 끌어 모으기 시작했다.

그리고 빠르게 내공을 회수하고는 깊게 들이마신 숨을 내뱉으며 눈을 떴다.

눈을 뜬 지악천을 맞이하는 건 무왕의 목소리였다.

"땡중! 이제 눈떴다!"

지악천이 눈을 뜬 것을 확인한 무왕은 더 전음을 쓸 이유가 없기에 소리쳤다.

한쪽에서 언제 잡아 왔는지 모를 노루를 굽고 있던 신승은 무왕의 말을 듣고 몸을 일으켰다.

하지만 그런 신승보다 먼저 반응해서 움직인 것은 백촉이었다.

샤샤샥! 포옥.

빠르게 움직여 막 눈을 뜬 지악천에게 안겨든 백촉을 보며 가볍게 미소를 지었다가 이내 이상함을 느꼈다.

"저기…… 무왕님? 제 몸이 왜 이렇게 굳어 있습니까?"

눈을 뜬 지악천의 물음에 무왕은 고갤 흔들었다.

池樂天

지악천

第三十九章 — 겨울의 끝

　지악천이 화경에 들어서고 어느새 계절이 바뀌었다.

　가을이 지나가고 겨울이 왔지만, 여전히 축융봉에서 생활하고 있는 그들만큼은 언제나 같았다.

　수련 그리고 수련 또 수련.

　끊임없이 수련에 매진하는 지악천과 그런 지악천을 도와주는 무왕과 신승의 처지는 이전과는 조금은 달라진 상태였다.

　화경에 막 들어섰을 때와는 다르게 지금은 많은 것이 변했기에 가끔은 무왕도 지친 기색을 드러낼 정도였고, 신승 역시 비슷했다.

화경에 들어선 만큼 그리고 지악천의 지식이 생각 이상으로 많이 빈약하다는 것을 이전 일로 알았기에 더 많고 더 복잡한 것들을 가르쳐야 했다.

쾅!

"후우!"

주먹을 부딪친 지악천과 무왕이 한 치도 물러서지 않고 서로를 바라보는 가운데 지악천이 가볍게 숨을 내뱉었다.

"이놈!"

그런 지악천의 모습이 아니꼬웠는지 마주하고 있는 주먹을 빙글 돌리더니 순식간에 그의 손목을 잡고 단박에 내던졌다.

파파팍! 탁.

한순간에 이뤄진 무왕의 동작이었지만, 지악천은 마치 그럴 줄 알았다는 듯이 허공에 발을 튕기면서 두 발로 가볍게 내려섰다.

"흐흐. 그걸로 되겠습… 웃차!"

콰앙!

무왕 역시 지악천이 그럴 줄 알았다는 듯이 그가 내려설 자리에 이미 장력을 날렸다.

그러나 지악천 역시 재빠르게 몸을 틀어내면서 빗나가 버림으로써 애꿎은 바닥만 박살났다.

척.

그렇게 몸을 틀어 장력을 피해낸 지악천이 무왕을 향해서 검지를 뻗으며 비릿하게 웃었다.

그것은 이번에 새롭게 각인된 무형류(無形流)에 속한 지법(指法)의 한 종류였다.

태앵! 펑!

그저 손가락만 뻗고 있었을 뿐이었는데 무왕이 가볍게 손등으로 허공을 휘젓자 튕겨나가면서 바닥이 터져 나갔다.

'벌써 무형지를 터득했을 줄이야.'

대놓고 노렸으니 망정인지 몰랐다면 한 번쯤은 당해도 이상하지 않을 정도의 완성도였다.

"어떻습니까?"

"…대련 중에 그런 걸 묻는 건 아니다!"

칭찬해줄까 싶었지만, 저 희희낙락한 표정을 보니 그런 마음이 쏙 들어간 무왕이 일갈하며 달려들었다.

"우웃!"

무당면장과 태극권을 연계해서 몰아붙이는 무왕의 모습은 위압감이 절로 느껴질 정도였다.

두 팔을 아무렇게나 휘젓는 듯하면서도 힘과 절도가 녹아 있기에 매번 상대하면서도 어려움을 느끼는 지악천이었다.

물론 이전에는 막무가내로 밀렸다면 지금은 두어 걸음을 밀리는 정도에 불과했으니 정말 장족의 발전을 한 상태였다.

그 발전의 중심엔 어느새 4성에 이른 무형류(無形流)와 5성에 이른 환영신보(幻影神步)가 있었다.

그 덕에 이만큼이나 버틸 수 있게 된 것이다.

무형류를 펼칠 때 지악천의 마음가짐은 단 하나였다.

반격.

새롭게 각인된 무형류는 이전의 무형팔식부터 무형천류까지 이어지는 것들이 전부 끊어지고 아예 새로워진 상태였다.

그래서 처음 무형류를 펼쳤을 땐 적응하진 못했지만, 지금은 어느 정도 적응했기에 무왕을 상대로 그 정도밖에 밀리지 않은 것이다.

후에 지악천이 무형류를 완벽하게 익힌다면 적어도 지금 같은 상황보다 어려워도 크게 밀리지 않을 것이 분명해 보일 정도였다.

그러한 가운데 무왕은 무형류와 환영신보를 펼치는 지악천을 상대하며 다시금 놀라고 있었다.

'어제와 오늘이 또 다르구나.'

이런 생각을 하면서 내일은 또 어떻게 변할지 새삼스레 궁금해지고 있었다.

'그러기 위해서 더 강하게 몰아붙여야겠지.'

무왕은 지악천이 빠르게 발전해 나가는 것은 자신이 계속해서 몰아붙이기 때문이라고 생각했다.

하지만 지악천이 빠른 성장을 보여주는 것이 오롯이 무왕만의 성과라곤 할 수 없었다.

무왕은 육체적인 수련을 시키고 신승은 정신적인 수양을 쌓게 하면서 지악천이 빠르게 성장하고 있는 것처럼 보이지만, 결과적으로는 지악천의 눈에만 보이는 글귀가 가장 큰 역할을 하고 있다고 봐야 했다.

그런 것을 모르는 무왕은 그저 기쁠 뿐이었다.

이제까지 자신에게 가르침을 받은 이들 중에 지악천만큼 압도적인 발전 속도를 보여준 이가 단 한 명도 없었으니까.

그렇게 한동안 둘 다 큰 소득 없이 거리를 벌렸다.

스릉, 스릉.

거리가 벌어지고 지악천이 먼저 검을 뽑자, 무왕도 검을 뽑아 들었다.

지악천이 화경에 오르기 전에는 검을 들지 않았지만, 지금은 그럴 수가 없었다.

단순히 내공으로 만들어낸 강기와 화경에 든 이가 만들어내는 강기의 차이가 컸기에 어쩔 수 없었다.

그렇다고 강기를 쓰지 않는다면 수련의 의미가 떨어

지니 달리 방법이 없었다.

자신의 한계를 알아야 제대로 된 수련을 할 수 있었기 때문이었다.

우우웅, 우우우웅.

첫 검명은 무왕이 들고 있는 지악천의 검에서 들려왔고 연이어 들리는 검명은 지악천이 들고 있는 무왕의 검에서 울린 것이었다.

단순히 울림의 크기만 따진다면 지악천이 압도적이라고 할 수 있었다.

이전에도 그랬지만, 이번에는 유독 그 소리의 울림이 컸다.

마치 무왕을 자극하려는 듯이.

그런 고의적인 측면도 없지 않았다.

'건방진 놈.'

쫘아아악.

본래 지악천은 검의 검파를 세게 쥐었다.

그런데 이번엔 도리어 무왕이 검파를 강하게 쥐었다.

지악천은 자신의 의도가 조금이나마 먹혔다는 걸 알았다.

무왕이 최근 들어 누누이 말하던 것이 다름 아닌 검파를 잡는 부분이었다.

무왕은 지악천에게 항상 검파를 가볍게 쥐어야 대응

하기도 쉽다고 말했다.

환영신보(幻影神步)를 펼쳐 흡사 이형환위(移形換位)를 펼친 듯한 잔상을 좌우로 남기면서 천하오절(天河五絶)의 단 5개밖에 없는 초식 중 하나를 펼쳤다.

쾅! 끼리리릭!

강기에 둘러싸인 검신이 무왕을 향해서 내려찍듯이 날아들었지만, 무왕은 아무렇지도 않게 가볍게 팔로 호선을 그리며 흘려내듯 했다.

지악천의 검강을 최대한 받아냈는데도 주변에는 충격파가 크게 몰아쳤다.

무왕이 지악천을 상대로 펼치는 검술은 태극혜검(太極慧劍)의 전반부였다.

어지간한 무당의 검법으로는 지악천의 천하오절을 받아내기가 쉽지 않았기에 선택한 것이 태극혜검이었다.

무왕이 완벽하게 익히지 못한 검법이라곤 하지만, 태극혜검이 그가 가지고 있는 최고의 검법이었다.

유의 묘리가 담긴 검법 중에 최고로 손꼽히는 검법인 만큼 강한 힘을 품고 있는 지악천의 천하오절을 상대하는데 최적의 검법이었다.

끼리리릭!

지악천과 무왕의 검강이 서로 한 치의 물러섬이 없이 버티고 있었다.

'버티기로 가면 불리해.'

그 생각대로 단순히 경합을 벌이는 수준으로 간다면 백이면 백 지악천이 질 것이 뻔했다.

쾅!

일순간 폭발적인 힘으로 무왕을 튕겨낸 지악천이 다시금 환영신보를 펼치며 이번엔 미끄러지는 듯한 모습으로 무왕에게 달려들었다.

"쓰읍! 후욱, 흡!"

쾅! 쾅! 쾅!

단 한 호흡 반에 천하오절 중 삼절까지 단박에 펼쳐냈다.

무왕을 상대로 별다른 타격을 주진 못했지만, 지악천은 나름대로 만족했다.

요 며칠 동안 단박에 삼절까지 펼쳐낸 적이 없었다.

그런데 지금 펼쳐냈으니 나름 만족할 만했다.

그 더딘 이유는 천하오절의 약간 특이한 부분 때문이었다.

천하오절은 강(强), 경(輕), 변(變), 유(流), 중(重), 쾌(快), 탄(彈), 허(虛), 환(幻)으로 이뤄진 극히 기본적인 무리를 중심에 둔다.

천하일절은 강, 유. 탄

천하이절은 쾌, 허, 환.

천하삼절은 경, 변, 중.

삼절까지는 각기 정해진 3가지의 무리를 쓴다면 사절부터는 5가지의 무리를 섞어 쓰고, 오절부터는 6가지의 무리를 섞어 쓸 수 있다.

다만 몇몇 무리에 익숙하지 않았기에 지금에서야 겨우 삼절까지 단박에 펼쳐낸 것을 기뻐하고 있었다.

하지만 그 기쁨도 잠시 빠르게 반격에 나서는 무왕의 검을 상대로 바쁘게 손을 놀려야 했다.

텅텅! 쩡!

얼핏 보면 느리게 검을 놀리는 것 같지만, 막상 마주하면 그런 생각을 할 수 없는 무왕의 태극혜검이 지악천의 사위를 압박해왔다.

그럼에도 이제까지 당해왔던 경험으로 큰 어려움 없이 버티는 듯했다.

"아직도 멀었구나!"

무왕의 태극혜검을 받아내고 있던 와중에 터져 나온 말에 지악천의 시선이 살짝 흔들렸다.

펑!

"큭!"

잠시 한눈 판 사이의 틈을 놓치지 않은 무왕의 태극혜검에 밀려난 지악천이 이를 꽉 다물었다.

"고작 말 한마디에 현혹되다니, 아직도 멀었구나!"

어떻게 본다면 얍삽하기 그지없는 무왕의 행태였지만, 지악천의 화는 그가 아닌 자신에게 향해 있었다.

어찌 보면 자신이야말로 무왕보다 온갖 변칙적인 것들을 경험했을 텐데 고작 말 한마디에 속았으니 화가 나지 않을 수가 없었다.

특히나 이제까지 무왕의 행태를 기억하고 있었다면 더더욱 예상했어야 했었다.

"칫."

혀를 차는 지악천의 모습에 아까 당한 것을 갚아줘서 속이 시원하다는 미소를 짓던 무왕이 이내 하늘을 바라봤다.

"아. 벌써 이 시간이… 오늘은 이만하지."

평소보다 이른 시간에 그만하자는 무왕의 말에 지악천이 고갤 갸웃거렸다.

"무슨 일이라도 있으십니까?"

"네가 알 필요는 없는 일이다."

그 말만 하고 자리를 뜨는 무왕을 보며 지악천은 가볍게 어깰 으쓱거렸다.

그렇게 보름이 지나고 축융봉에 눈이 쌓이기 시작했다.

폴짝, 폴짝.

지악천의 무릎까지 수북하게 쌓인 눈을 보며 백촉이

신나서 뛰어 놀았다.

백촉의 모습을 보면서도 지악천은 눈을 밀어내고 있었다.

오늘도 어김없이 무왕과 대련하기 전에 운기조식으로 몸을 가볍게 만들기 위해서였다.

'오늘은 가볍고 빠르게.'

천원무극단공(天元無極丹功)을 떠올리면서 운기를 시작한 지악천은 하단전의 내공을 일단 전신의 혈도로 흩뿌렸다.

그렇게 반 각 정도 운기에 집중하고 있던 지악천의 주변에 진한 자연지기가 맴돌기 시작했다.

천원무극단공의 효과인지는 단언할 순 없겠지만, 주변에 이러한 자연지기가 있다는 것만으로도 운기조식에 큰 도움이 됐다.

그렇게 일 각이 더 흐르자, 지악천의 내부에 있는 내기들이 서서히 밖으로 나오면서 자연기지랑 엉키기 시작했다.

점점 표출된 내기들과 자연지기들이 뒤엉키면서 약간 부자연스러운 모습으로 지악천의 머리 위로 모여들었다.

우우웅. 우우웅. 우웅.

그렇게 모여든 내기와 자연지기들이 서서히 뭉치기

시작하자 유형화하듯이 어떤 모양을 갖춰나가기 시작했다.

그렇게 모양이 잡혀나가기 시작한 그것의 모습은 아직 피지 못한 꽃봉오리의 모습과 흡사했다.

고오오오오.

하나의 꽃봉오리가 세 개로 나뉘면서 색을 갖춰나갔다.

왼쪽 귀 위로는 붉은 꽃봉오리가 있었고, 정수리에 청색의 꽃봉오리가 있었으며, 마지막으로 오른쪽 귀 위에 흰색의 꽃봉오리가 자리를 잡고 있었다.

삼화취정(三花聚頂)을 이루기 직전의 모습이라고 하는 게 가장 적절한 상황이었다.

계속해서 운기조식에 집중하고 있는 지악천은 지금 자신에게 무슨 일이 벌어지는지 전혀 감을 잡지 못하고 있었다.

스르륵.

그렇게 꾸준한 운기조식의 영향인지 세 개 중 정수리에 자리한 청색의 꽃봉오리의 잎사귀가 살짝 벌어지려는지 움직였다.

파파팟!

꽃봉오리가 벌어지려는 그 순간 꽃봉오리들이 마치 방울이 터지듯이 순식간에 사라졌다.

그렇게 꽃봉오리들이 한 번에 사라지자 곧바로 지악
천의 눈꺼풀이 서서히 들리기 시작했다.

"후우…… 음?"

눈을 뜬 지악천은 자리에서 일어나 고개를 갸웃거리
면서 몸상태를 확인했다.

몸을 이리저리 틀면서 가볍게 움직일 뿐이었는데 오
늘따라 묘하게 감각이 가벼웠다.

마치 화경에 올랐을 때와 같은 감각이었다.

관절의 움직임도 부드럽고 자연스러운 것만 봐도 몸
상태가 얼마나 좋은지 나쁜지 확인할 수 있었다.

'좋은데?'

그렇게 생각할 만큼 진짜 오랜만에 최상의 몸 상태라
고 할 수 있었다.

그리고 몸 상태가 최고라는 걸 인지하기 무섭게 아쉽
다는 감정이 맴돌았다.

'하필 이렇게 좋은 날 대련이 없네.'

지악천은 축융봉에 왔을 때부터 지금까지 대련을 쉬
어 본 적이 몇 없었다.

그 몇에 들어가는 것도 지악천이 화경에 올라섰을 때
가 전부였다.

푹, 푹.

지악천이 운기조식할 때까지만 해도 얌전히 있던 백

촉이 다시금 눈을 밟으며 날뛰기 시작했다.

"……."

그런 백촉을 물끄러미 보던 지악천은 이내 가벼운 미소를 지었다.

"오래간만에 달려볼까?"

"미양?"

그 말에 눈을 밟으며 날뛰던 백촉이 지악천을 바라봤다.

"형산 아래까지 찍고 돌아오기. 어때? 내가 지면 오늘 사냥은 내가 대신해주마."

지악천의 말에 백촉이 자신만만하다는 듯이 고개를 빳빳이 들었다.

"오호…… 자신만만하네?"

백촉의 모습에 지악천이 비릿한 미소를 지으며 백촉의 붉은 눈을 바라봤다.

"절대 안 봐줄 거니까 전력으로 달려."

파팟!

지악천의 말이 끝나기 무섭게 백촉이 뛰어올랐다.

파팍!

"먼저 가냐!"

빠르게 낭떠러지로 떨어지듯이 사라지는 백촉의 뒤를 따라서 지악천 역시 몸을 날렸다.

파팍, 팟!

흡사 낭떠러지라고 해도 이상하지 않을 내리막길을 백촉은 중간마다 있는 나무와 벽을 이용해서 之의 모양새로 빠르게 내려가고 있었다.

반면 지악천의 움직임은 백촉과는 달리 직선적이었다.

'후후.'

백촉이 엄청난 속도로 내려가는 모습에도 지악천은 여유를 잃지 않았다.

그리고 그 순간 일정한 속도로 떨어지던 지악천의 신형이 마치 떨어지는 와중에 무거운 추를 달았다고 봐도 무방할 정도로 더욱 빠르게 낙하하기 시작했다.

쐐애애액!

공기를 가르며 빠르게 하강하기 시작하는 지악천의 모습을 백촉이 보았다.

백촉이 순간 고갤 돌려 지악천이 떨어지는 방향으로 몸을 날렸다.

'포기했나?'

자신이 낙하는 방향으로 몸을 날리는 백촉을 보며 포기했나 싶어서 몸에 붙이고 있던 팔을 뻗었다.

턱.

'턱?'

그 소리는 지악천의 품에 안기는 소리가 아니었다.

펑!

"어억!"

지악천의 품에 안길 듯했던 백촉은 그대로 반 바퀴 돌아서 뒷발로 착지해서 곧장 지악천의 가슴팍을 강하게 밀어냈다.

그리고는 약간 사선에 가까운 방향으로 쏜살처럼 내려가기 시작했다.

그런 백촉을 지악천이 살짝 멍한 눈으로 보고 있다가 당했다는 걸 깨닫고 정신 차렸지만, 이미 백촉과의 거리가 꽤나 벌어진 상태였다.

* * *

한 장원에 수많은 이들이 각자 물건을 짊어진 상태로 바쁘게 움직였다.

그 와중에 그들을 멈춰 서게 만드는 목소리가 울려 퍼졌다.

"이노오오옴! 네가 아직도 정신 못 차렸더냐!"

쾅! 콰지직! 쿠웅!

전각의 입구가 부서지는 소리가 나더니 누군가 바닥을 데굴데굴 굴렀다.

그가 누군지 확인하고는 멈춰 섰던 이들이 빠르게 움직이기 시작했다.

마치 엮이기 싫다는 듯이 조용하게 움직였다.

바닥을 구르던 이는 일전에 지악천을 죽이려고 했던 이 암상의 부총관이었다.

"아, 아버, 아니 상주님!"

"아무리 배다른 형제라도 그렇게 보냈으면 복수라도 해야지 접어? 그것도 고작 포두 따위에게 겁을 먹고 포기를 해! 네가 그러고도 사람이더냐!"

"아, 아니… 그건 큰 혀, 형이!"

자신의 형제 중 맏이이자, 일 공자라 불리는 그와 같이 한 일이라고 말하려고 했다.

하지만 그의 말은 듣지 않겠다는 듯한 자신의 아버지이자, 상주의 일갈에 다물 수밖에 없었다.

"닥쳐라! 녀석은 이미 징계동에 들어갔다. 이제 남은 놈은 네놈뿐이다."

큰형이 징계동에 들어갔다는 말에 부총관의 등에 식은땀이 줄줄 흐르기 시작했다.

'어쩌지? 그놈 따라서 나도 징계동으로 끌려간다면 살아서 나오지 못할 거 같은데!'

이미 일이 어떻게 돌아간 건지 전부 알아버린 상주에게 그가 할 수 있는 말은 없었다.

어떠한 변명도 이미 실패해버린 결과물 앞에선 소용이 없었다.

"제, 제가 그놈의 머리를 지금이라도 들고 온다면……!"

부총관의 말에도 상주는 별다른 표정의 변화가 없었다.

그건 이미 그가 손을 썼다는 뜻이었다.

"제, 제가! 제가 가서 가져오겠습니다. 들고 오지 못한다면 죽겠습니다!"

무표정하던 상주의 표정에 살짝 변화가 생겼다.

자신의 셋째 아들의 욕망이 아주 강하다는 걸 알기 때문이었다.

또한 그가 스스로 죽을 수 있다고 판단을 내린 징계동보다 지악천의 목을 가져오는 게 자신의 목숨을 지킬 수 있다고 한 판단을 믿었다.

물론 이러한 것조차도 상주가 그를 그렇게 몰아간 탓이었다.

"흠… 실패하면 죽겠다는 의지. 마지막으로 믿어주지. 어차피 실패하면 이곳으로 돌아올 수 없을 테니까."

부총관은 자신의 앞에 있는 상주가 정말 피로 이어진 혈육이라는 것이 의심스러울 정도였다.

어떤 부모가 자식을 사지로 내몰겠는가.

솔직히 부총관 자신도 이런 상황을 머리로는 이해하지만, 가슴으로는 이해하지 못할 뿐이었다.

"이미 남악에 3개 상단이 상행하면서 정보를 모으고 있다. 그리고 형동(衡東)과 형양(衡陽)에 각각 암(暗)과 명(明)이 대기 중이고, 그들이 네가 하고자 하는 것을 최선을 다해서 도와줄 것이다. 네가 말했듯이 놈의 목을 가져오지 못하면 아예 자살하는 것이 편할 것이다. 그 이유는 네가 가장 잘 알고 있을 테니. 더는 말하지 않으마."

상주의 목소리는 지극히 낮으면서도 감정이 그다지 담겨 있지 않았다.

그래서 오히려 부총관을 자극하기 안성맞춤이었다.

"무, 무조건!!! 가져오겠습니다!!!"

쿵!

부총관은 이미 심리적으로 무너진 것인지 재빠르게 무릎을 꿇고 이마를 바닥에 찍었다.

*   *   *

시간이 흘러 기온이 조금씩 오르기 시작했다.

늦겨울과 초봄의 사이에 걸쳐 있는 시기였다.

퉁, 투웅.

가볍게 제자리에서 뛰고 있는 지악천의 모습을 마주하고 있는 무왕은 내심 질린 듯한 표정이었다.

"망아지 같은 놈. 아주 여유가 넘치는구나!?"

"하하, 설마 제가 무왕님을 상대로 여유를 가지겠습니까."

살짝 날이 선 무왕의 말에 지악천이 가볍게 대꾸했다.

"쯧. 이놈이나 저놈이나."

지악천의 말에 무왕은 혀를 차는 동시에 고갤 흔들며 돌아섰다.

그대로 물러나는 무왕을 보며 지악천은 그제야 살짝 쓴 미소를 지었다.

'이번엔 정말 오래 버텼네.'

[성명: 지악천(池樂天) 별호: 묘(猫)포두, 악귀, 대(大)포두

소속: 남악현청 직책: 포두(捕頭)

무공수위: 화경 내공: 250년

보유 무공

심법: 천원무극단공(天元無極丹功) 6성

검법: 천하오절(天河五絕) 7성

권법: 무형류(無形流) 7성

보법: 환영신보(幻影神步) 6성
신법: 무영비(無影飛) 4성
음공: 육합전성(六合傳聲)
환골탈태(換骨奪胎)
반박귀진(返朴歸眞)]

  고작 한두 달 정도 지났을 뿐인데 지악천은 많은 성과를 낸 상태였다.
  천하오절과 무형류는 이미 익숙해질 대로 익숙해진 상태였기에 무왕을 상대로 크게 밀리지 않고 있었다.
  무왕이 전심전력(全心全力)으로 덤빈다면 단 10여 합 이내로 지겠지만, 지금 같은 방식으로는 최소 100여 합까지도 밀리지 않을 자신이 있었다.
  물론 지악천이 무왕이 펼치는 무공들에 적응한 측면이 없진 않았지만, 사실 무왕이 지악천의 수준에 맞춰주는 것이 가장 컸다.
  거의 10개월에 가까운 기간 동안 지악천은 많은 것을 이뤄냈다.
  '그저 모두에게 감사해야겠지.'
  생각을 정리하던 지악천은 바로 운기조식을 시작했다.
  그렇게 지악천이 운기조식을 시작하자, 어느새 사라

졌던 무왕이 신승과 함께 나타났다.

─오늘은 이룰 수 있으려나?

─모르지. 근데 생각해보니 신선하군.

신승의 말에 무왕이 고갤 갸웃거리며 물었다.

─뭐가?

─자넨 안 그런가? 난 이제까지 다른 누군가가 화경에 오르는 순간은 몇 번 봤지만, 이렇게 삼화취정을 이루려는 순간을 접하는 것은 처음이니.

─…그건 또 그렇네?

─가장 특이한 것은 당사자가 그런 사실을 인지할 만한데도 아직도 모르고 있다는 거지.

─음…… 그것도 그렇지?

─아무튼, 저번에 적사투관과 유사했던 현상의 순서를 따지자면 다소 뒤죽박죽이긴 하지만 하나씩 이뤄가니 후에 큰 문제는 없길 바라야겠지.

신승의 말에 무왕 역시 동감한다는 듯이 고갤 주억거렸다.

그렇게 그들이 지켜보는 와중에 지악천의 주변에 이전처럼 지악천의 내기와 자연지기들이 엉키기 시작하면서 유형화를 시작했다.

이미 몇 차례나 반복해 와서 그런지 꽃봉오리들이 빠르게 완성됐다.

스르륵. 스스르륵.

무왕과 신승이 지켜보는 가운데 꽃봉오리들이 서서히 개화(開花)를 시작했다.

'오…….'

서서히 꽃잎들이 벌어지기 시작하자 무왕과 신승이 동시에 속으로 감탄을 내뱉었다.

축용봉에 퍼져 있던 자연지기들이 삼화취정의 꽃과 동조하기 시작했다.

하지만 화경을 뛰어넘은 둘의 감탄은 삼화취정 때문이라곤 할 수 없었다.

그들이 감탄한 부분을 정확히 따지자면 지악천과 동조하기 시작한 자연지기였다.

―미쳤군. 도대체 어떻게 생긴 심법이기에 벌써 이런 현상이 일어나는 거지?

무왕의 말에 신승 같은 생각을 했다.

―확실히 말코 네 말대로… 당장 우리가 이해할 수 있는 범위는 아득히 뛰어넘은 모양이다. 우리가 소협에 앞서는 것은 경험과 경지인데 이건 사실상 시간문제라 봐야겠구먼.

그런 신승의 말을 가장 잘 이해하고 있는 사람은 다름 아닌 무왕이었다.

그는 이미 오랫동안 이어진 지악천과 대련으로 인해

쓰지 않았던 무공을 제외하고 거의 다 사실상 파훼 당한 셈이었기 때문이다.

—그건 그렇고 저번에 했던 얘기 있잖아. 그때 하지 않길 잘한 거 같다.

무왕이 말한 것은 이전에 지악천에게 무당과 소림이 아닌 그들이 살면서 구했거나 받았던 무공들을 전수하는 걸 말하는 것이었다.

무왕의 말에 신승은 그저 이미 잊혔던 기억을 떠올리며 고갤 끄덕이며 쓴웃음을 지을 수밖에 없었다.

항상 지악천과 손속을 섞는 건 무왕이지만, 신승은 사실상 무공총론을 가르쳤기에 지악천에 대해서 어느 정도 감을 잡고 있었을 수 있었다.

그리고 그것이 사실상 불가능하다는 걸 나중에 인지할 수 있었고 그런 얘길 했다는 것 자체를 지워버렸다.

그런 무왕의 말에 복잡하고 정리되지 않은 무공들을 지악천에게 전수했으면 어떻게 될까 하는 생각을 잠시 했지만, 이내 고갤 흔들었다.

무공총론조차 이해하기까지 오래 걸렸기에 그것들을 전수하는 것은 의미 없다. 지악천에게 오히려 걸림돌이 될 거 같았다.

거기까지 이해했던 신승이 아직도 이해할 수 없는 부

분이었다.

'진짜 어떻게 화경에 닿을 수 있었는지… 불가해(不可解). 그 자체로군.'

그 말대로 상식만으로는 지악천은 이해할 수 없었다.

〈다음 권에 계속〉

어울림 B O O K S
신인 작가 대모집!

어울림 출판사는 무한한 상상력과 뜨거운 열정을 가진 작가 여러분을 기다리고 있습니다.
창작에 대한 열의가 위대한 작품으로 꽃피울 수 있도록 저희 어울림 출판사가 여러분의 힘이 돼 드리겠습니다.

지금 도전하십시오!

모집 분야 : 판타지, 역사, 무협, 로맨스 등
모집 대상 : 아마추어, 인터넷 작가등 열정을 가진 모든 작가
모집 기한 : 수시 모집
작품 접수 방법 : 당사 네이버 카페 또는 이메일을 이용해 주십시오.

파일 형식은 제한이 없으나 원활한 원고 검토를 위해 '.HWP' 형식으로 보내주시고, 파일에 연락처도 함께 기재해주시면 됩니다.

채택된 작품은 정식 계약을 통해 출판물로 간행됩니다.
간행된 출판물은 당사의 유통망을 이용하여 전국 서점으로 배포됩니다.
※ 문의 사항은 **네이버 카페(http://cafe.naver.com/oulim0120)**를 이용하시기 바랍니다.

경기도 고양시 일산동구 장항동 43-55 성우사카르타워 801호
어울림 출판사 신인 작가 담당자 앞
전화 031) 919-0122 / **E-mail** 5ullim@daum.net